12歳。
～そして、みらい～

辻みゆき／著
まいた菜穂／原作・イラスト

JN242550

★小学館ジュニア文庫★

12歳《さい》。
～そして、みらい～

おもな登場人物《とうじょうじんぶつ》

蒼井結衣《あおいゆい》

美人《びじん》で大人《おとな》っぽい女《おんな》の子《こ》。
桧山《ひやま》とつきあっている。

桧山一翔《ひやまかずま》

結衣《ゆい》の彼氏《かれし》。
クラスのモテ男子《だんし》。
やんちゃな性格《せいかく》。

綾瀬花日《あやせはなび》

真《ま》っすぐで、ちょっと子《こ》どもっぽい
性格《せいかく》。高尾《たかお》と交際中《こうさいちゅう》。

浜名心愛《はまなここあ》

気《き》の強《つよ》い
わがまま
お嬢様《じょうさま》。

高尾優斗《たかおゆうと》

花日《はなび》の彼氏《かれし》。やさしくて
面倒見《めんどうみ》のいいクール男子《だんし》。

小倉《おぐら》まりん

結衣《ゆい》と花日《はなび》の恋愛指南役《れんあいしなんやく》。
超《ちょう》お姉《ねえ》ちゃんっ子《こ》。

★全員《ぜんいん》6年《ねん》2組《くみ》のクラスメイト★

もくじ

おしえて −結衣《ゆい》の夢《ゆめ》、桧山《ひやま》の夢《ゆめ》− ……… 7
<ショートストーリー> 委員長《いいんちょう》の作文《さくぶん》 ……… 73
過去《かこ》、現在《げんざい》、未来《みらい》 −占《うらな》い師《し》・まりん− ……… 79
<ショートストーリー> 堤歩《つつみあゆむ》の作文《さくぶん》 ……… 119
わたしのこと −花日《はなび》の夢《ゆめ》、高尾《たかお》の夢《ゆめ》− ……… 125

将《しょう》来《らい》の夢《ゆめ》
一《いち》覧《らん》表《ひょう》
過《か》去《こ》データより

蒼《あお》井《い》結《ゆ》衣《い》…………四年生《よねんせい》の時《とき》　学校《がっこう》の先生《せんせい》

綾《あや》瀬《せ》花《はな》日《び》…………一年生《いちねんせい》～四年生《よねんせい》まで
ケーキ屋《や》さん　パン屋《や》さん　おもちゃ屋《や》さん
ペットショップを開《ひら》く　刑事《けいじ》　幼稚園《ようちえん》の先生《せんせい》
ケータイ電話屋《でんわや》さん　歯医者《はいしゃ》さんのお姉《ねえ》さん

桧《ひ》山《やま》一翔《かずま》…………一年生《いちねんせい》～四年生《よねんせい》まで　サッカー選手《せんしゅ》

高《たか》尾《お》優《ゆう》斗《と》…………四年生《よねんせい》の時《とき》　パイロット

小《お》倉《ぐら》まりん…………一年生《いちねんせい》の時《とき》　アイドルグループATB《エーティービー》のメンバー

浜《はま》名《な》心《ここ》愛《あ》…………

幼稚園《ようちえん》の時《とき》　山嵐《やまあらし》・桜田《さくらだ》翔《しょう》と結婚《けっこん》

四年生《よねんせい》の時《とき》　ファッションモデル、そこからの女優《じょゆう》

堤《つつみ》　歩《あゆむ》…………

幼稚園《ようちえん》の時《とき》　王国《おうこく》を作《つく》って、王様《おうさま》になる

エイコー…………

幼稚園《ようちえん》の時《とき》　虎象《こぞう》戦隊《せんたい》スイハンジャー

四年生《よねんせい》の時《とき》　アイドル

委《い》員《いん》長《ちょう》…………

四年生《よねんせい》の時《とき》　アナウンサー

参考《さんこう》データ

過去《かこ》の文集《ぶんしゅう》、家庭内《かていない》撮影《さつえい》ビデオ、友人《ゆうじん》・知人《ちじん》の聞きとり等《など》

おしえて

―結衣《ゆい》の夢《ゆめ》、桧山《ひやま》の夢《ゆめ》―

1

黒板《こくばん》には、漠然《ばくぜん》とした一言《ひとこと》が書《か》かれていた。

『将来《しょうらい》の夢《ゆめ》』

その横《よこ》に少《すこ》し小《ちい》さい字《じ》で、注意事項《ちゅういじこう》も書《か》いてある。

『※タイトルは、自分《じぶん》で考《かんが》えてください。』

『※この時間《じかん》に書《か》き終《お》わらなかった人《ひと》は宿題《しゅくだい》です。金曜日《きんようび》まで。』

月曜日《げつようび》の六時間目《ろくじかんめ》。先生《せんせい》が午後《ごご》から出張《しゅっちょう》で、自習《じしゅう》の課題《かだい》として与《あた》えられた作文《さくぶん》のタイトルが、これだった。

将来《しょうらい》の夢《ゆめ》——ありふれたフレーズ。

でもこうしてバーンと目《め》の前《まえ》に掲《かか》げられると、どう扱《あつか》っていいのか、ちょっと困《こま》ってしまう一言《ひとこと》だ。

自分《じぶん》の将来《しょうらい》に向《む》けてちゃんと書《か》く？

そしたらこの時間内《じかんない》に書《か》きあげるのは、難《むずか》しいような気《き》がする。

それともノリで書《か》いて、さっさと時間内《じかんない》に終《お》わらせちゃう？

……うーん、それもなんだか違《ちが》うような。

だって、テキトーには書《か》きたくない。

私《わたし》の大切《たいせつ》な『将来《しょうらい》の夢《ゆめ》』だから。


蒼井結衣《あおいゆい》、十二歳《じゅうにさい》。

『夢《ゆめ》』って言葉《ことば》が、昔《むかし》よりもちょっぴり重《おも》く感《かん》じられるようになってきたのは、どうしてだろう――。


担任《たんにん》の代《か》わりにクラスに来《き》た男《おとこ》の先生《せんせい》は、始《はじ》まりの十分《じっぷん》くらいは教室《きょうしつ》にいたものの、

「じゃ、ちゃんとやってろよ。大丈夫《だいじょうぶ》だよな、六年生《ろくねんせい》だもんな」

と言《い》い残《のこ》して、教室《きょうしつ》を出《で》ていってしまった。

先生《せんせい》がいなくなった教室《きょうしつ》は無法地帯《むほうちたい》――。席《せき》を移動《いどう》して、女子《じょし》は女子同士《じょしどうし》、男子《だんし》は男子《だんし》

同士《どうし》のいつものグループで固《かた》まって、好《す》き勝手《かって》なおしゃべりが始《はじ》まる。

「将来《しょうらい》の夢《ゆめ》。だってさ」

「メンドーい。テキトーにチャチャっと終《お》わらせちゃおう」

「そうだね。でも……なんて書《か》く？」

「えーっと……どうする？」

堂々《どうどう》と話《はな》している男子《だんし》の会話《かいわ》も聞《き》こえてくる。

「ゲーム作《つく》る人《ひと》になりてぇ〜」

「野球選手《やきゅうせんしゅ》！　メジャー行《い》き！」

そして、さらに。

「オレ、総理大臣《そうりだいじん》」

「オレ、石油王《せきゆおう》」

「総理大臣《そうりだいじん》と石油王《せきゆおう》って、どっちがすごいんだよー？」

「偉《えら》いのは総理大臣《そうりだいじん》だろ」

「金持《かねも》ってるのは石油王《せきゆおう》だろ」

「まぁまぁキミたち、落《お》ち着《つ》きたまえ」

「おまえは何《なに》になるんだよ？」

「フフッ、聞《き》いて驚《おどろ》くな。……新世界《しんせかい》の神《かみ》」

「おおーっ」

……ふざけた会話《かいわ》をする男子《だんし》たちもいる。

そんなふうに探《さぐ》り探《さぐ》り、または堂々《どうどう》と、なかには冗談《じょうだん》で、みんなは将来《しょうらい》の夢《ゆめ》を語《かた》っていた。

——桧山《ひやま》の夢《ゆめ》は、なんだろう……。

とても気《き》になるけど、桧山《ひやま》とは席《せき》が離《はな》れていて、まわりの子《こ》とどんな話《はなし》をしているのかわからない。

そして、私《わたし》……。

私《わたし》の夢《ゆめ》は——……。


「結《ゆ》〜衣《い》ちゃん。どうしたの？　むずかしい顔《かお》して」

そう言《い》って、ひょっこり顔《かお》を出《だ》したのは、まりんだった。

「結衣《ゆい》ちゃーん、まりんちゃーん」

花日《はなび》もパタパタと走《はし》ってやってきた。

「作文《さくぶん》、どうしよう。ふたりとも、なんて書《か》く？」

「私《わたし》は決《き》まってるよ。一行目《いちぎょうめ》は、もう書《か》いちゃった」

まりんはそう言《い》うと、わざとエヘンと咳払《せきばら》いをした。

「『私《わたし》の将来《しょうらい》の夢《ゆめ》。それはメーキャップアーティストです！』」

「えーっ、初耳《はつみみ》！」

花日《はなび》が驚《おどろ》いている。私《わたし》も知《し》らなかったから、驚《おどろ》いて聞《き》いた。

「いつからそう思《おも》ってたの？」

「お姉《ねえ》のメークを見《み》てて、いいなー、楽《たの》しそうだなーって思《おも》い始《はじ》めてから、かな」

まりんは、自分《じぶん》がもうメーキャップアーティストになったみたいに、メーク用《よう》の筆《ふで》を動《うご》かす動作《どうさ》をしながらそう言《い》った。

「素敵《すてき》！　まりんちゃんにピッタリ！　がんばってね!!」

花日《はなび》は、大人《おとな》になったまりんを想像《そうぞう》したらしく、ハイテンションでそう言《い》っている。

「で。そういう花日《はなび》は？」

「え、私《わたし》？　私《わたし》のことは後《あと》でいいから……、それより結衣《ゆい》ちゃんは？」

花日《はなび》は途中《とちゅう》までもごもご言《い》っていたけれど、急《きゅう》に私《わたし》に話《はなし》をふってきた。

「結衣《ゆい》ちゃんは、決《き》まってるもんね」

まりんは、もう当然《とうぜん》！　って感《かん》じで、私《わたし》の顔《かお》を見《み》る。

「あ、そうだった」

花日《はなび》も思《おも》い出《だ》したらしい。

「うん……」

うん、そう。私《わたし》は小《ちい》さい頃《ころ》から将来《しょうらい》の夢《ゆめ》を決《き》めていた。聞《き》かれたらそう答《こた》えていたし、聞《き》かれなくても何度《なんど》となく話《はな》していたと思《おも》う。もうずっと決《き》めている、わたしの夢《ゆめ》。

「私《わたし》、学校《がっこう》の先生《せんせい》になりたい」

「だーよね！」

まりんも花日《はなび》もニッコリと笑《わら》って、ピッタリだよねー、なんて話《はな》している。

いつの頃《ころ》からか……将来《しょうらい》の夢《ゆめ》は「学校《がっこう》の先生《せんせい》」と決《き》めていた。

どうして？　と聞《き》かれても、上手《うま》く言《い》えない。先生《せんせい》というのは、なんでも知《し》っていて、笑《わら》ったり怒《おこ》ったりと毎日大変《まいにちたいへん》そうだけど、すごく輝《かがや》いているようにも見《み》えて……いつのまにか憧《あこが》れるようになっていた。

四年生《よねんせい》になって『二分《にぶん》の一成人式《いちせいじんしき》』という式《しき》を学年《がくねん》でやった。

（『二分《にぶん》の一成人式《いちせいじんしき》』というのは何《なに》かというと、四年生《よねんせい》の時《とき》に、学校《がっこう》でやる行事《ぎょうじ》のひとつ。成人式《せいじんしき》は二十歳《はたち》。四年生《よねんせい》は、その半分《はんぶん》の十歳《じっさい》だから『二分《にぶん》の一成人式《いちせいじんしき》』っていうらしい）

その時《とき》も、将来《しょうらい》の夢《ゆめ》は「学校《がっこう》の先生《せんせい》」とこたえた。

あれから二年《にねん》、私《わたし》の夢《ゆめ》は今《いま》も変《か》わらない。

変《か》わらないけど……。

「でも最近《さいきん》、いろいろと考《かんが》えるようになって」

私《わたし》は正直《しょうじき》に、今《いま》の気持《きも》ちを口《くち》にした。

「先生《せんせい》になりたいっていう気持《きも》ちは変《か》わらないの。でも……、最近《さいきん》、他《ほか》にももうひとつ、いいなって思《おも》うことがあって」

「え、先生以外《せんせいいがい》に!?　なになに、教《おし》えて！」

「あのね、」

少《すこ》し恥《は》ずかしい。

そっか、こんな気持《きも》ちになるから、なかなか言《い》い出《だ》せない人《ひと》もいるんだ。

「看護師《かんごし》さん」

「……看護師《かんごし》さんかー」

「結衣《ゆい》ちゃん、似合《にあ》うー――!」

まりんと花日《はなび》が、いっせいにワー! キャー! と声《こえ》をあげた。


「ねぇねぇ、どうして?」

「何《なに》かきっかけがあったの?」

ふたりからいっぺんに質問《しつもん》が飛《と》んできて、私《わたし》はそのどちらの質問《しつもん》にも答《こた》えようと慎重《しんちょう》に話《はな》し始《はじ》めた。

「ええと……ちょうど二分《にぶん》の一成人式《いちせいじんしき》が終《お》わった頃《ころ》くらいに、うちのお母《かあ》さん、入院《にゅういん》したでしょ?」

ふたりは、うんうん、とうなずいた。

「その時《とき》、お母《かあ》さんのことをきちんと世話《せわ》してくれて、お見舞《みま》いに来《き》ている私《わたし》にも優《やさ》しく声《こえ》をかけて、たくさん励《はげ》ましてくれた看護師《かんごし》さんのことが忘《わす》れられなくて……」

話《はな》しながら、私《わたし》はお母《かあ》さんのことを思《おも》い出《だ》していた。

入院《にゅういん》して、そのまま天国《てんごく》に行《い》ってしまったお母《かあ》さん。お母《かあ》さんが亡《な》くなったばかりの頃《ころ》は隠《かく》れてこっそり泣《な》いたりしていたけど、今《いま》はもう、泣《な》くことはほとんどなくなった。

お父《とう》さんとのふたり暮《ぐ》らしにも慣《な》れたし、私《わたし》はいたってフツーに、当《あ》たり前《まえ》の毎日《まいにち》をすごしている。

それというのも、やっぱりお父《とう》さんがいてくれるということと、お母《かあ》さんが私《わたし》に、洗濯《せんたく》物《もの》の片付《かたづ》けや食器《しょっき》洗《あら》いなんかを教《おし》えてくれていたからだって思《おも》う。いつもやっていることを通《とお》して、お母《かあ》さんはいつでも私《わたし》の心《こころ》の中《なか》で笑《わら》っていてくれる……。

そういえば一度《いちど》、お風呂《ふろ》が壊《こわ》れてしまって銭湯《せんとう》に行《い》った時《とき》、お母《かあ》さんの形見《かたみ》の鍵《かぎ》をなくしてしまったことがあったっけ。その銭湯《せんとう》は、桧山《ひやま》のお家《うち》がやってる銭湯《せんとう》で、桧山《ひやま》は必死《ひっし》になって、その形見《かたみ》を見《み》つけてくれて……。

お母《かあ》さんのことを思《おも》い出《だ》していて、思《おも》わず話《はなし》がそれてしまった。

とにかく、あの時《とき》、お母《かあ》さんと私《わたし》を支《ささ》えてくれた看護師《かんごし》さんたちの姿《すがた》が今《いま》でも忘《わす》れられなくて。

「それで……今《いま》まで先生《せんせい》になりたいってずっと思《おも》っていたけど、最近《さいきん》、看護師《かんごし》さんもいいなって思《おも》うようになってきたの」

「そっか。そうだったんだね」

まりんは、しみじみとそう言《い》った。

「結衣《ゆい》ちゃんなら、学校《がっこう》の先生《せんせい》も、看護師《かんごし》さんも、どっちも似合《にあ》いそう！」

花日《はなび》は早《はや》くも「うーん。結衣《ゆい》ちゃんがいる教室《きょうしつ》と、結衣《ゆい》ちゃんがいる病院《びょういん》、どっちがいいかな〜。どっちもいいな〜」って、私《わたし》が大人《おとな》になった姿《すがた》を想像《そうぞう》してくれているみたいだった。

「結衣《ゆい》ちゃんの将来《しょうらい》の夢《ゆめ》はわかった。……で？」

まりんが、今度《こんど》はちょっと意味《いみ》ありげな顔《かお》をして、私《わたし》に聞《き》いてきた。

「で、……って？」

「将来《しょうらい》、結婚《けっこん》についてはどうお考《かんが》えですか？」

まりんはインタビュアーのように、エアマイクをこちらに向《む》けた。

「けっ、結婚《けっこん》なんて、そんな……」

「そんなに照《て》れずに〜。ほら、未来《みらい》のだんなさまがあちらにいらっしゃいますわよ！」

まりんがニマッと笑《わら》って指《ゆび》をさしたその先《さき》には……、桧山《ひやま》がいた。

2

「ねぇー、教《おし》えてよ」

「桧山《ひやま》の将来《しょうらい》の夢《ゆめ》って、何《なに》～？」

桧山《ひやま》の机《つくえ》は、数人《すうにん》の女《おんな》の子《こ》たちにぐるりと囲《かこ》まれていた。

「あらら、いつのまに……。だんな様《さま》は囲《かこ》み取材《しゅざい》を受《う》けているようね」

――そう、その女《おんな》の子《こ》たちは、何《なに》かというと桧山《ひやま》のまわりに集《あつ》まる、うちのクラスの桧《ひ》山《やま》ファン。まりんはいつも「結衣《ゆい》ちゃんっていう彼女《かのじょ》がいるのに」ってあきれ顔《がお》だけど、桧山《ひやま》ファンの子《こ》たちにしてみれば「彼女《かのじょ》がいるからって、それが何《なに》？」っていうことらしい（実際《じっさい》、そう言《い》っているのを聞《き》いてしまったことがある）。

……私《わたし》は、その気持《きも》ちもわかるような気《き》がする。彼女《かのじょ》がいても「好《す》き」って気持《きも》ちが止《と》められないってことは、あると思《おも》うから。だから私《わたし》は、桧山《ひやま》ファンのことはなるべく気《き》にしないようにしているんだけど……でも。

実際《じっさい》、教室《きょうしつ》で桧山《ひやま》が取《と》り囲《かこ》まれているのを見《み》ると、やっぱり気《き》になってしまう。それに、桧山《ひやま》ファンの子《こ》たちはいつも堂々《どうどう》としていて教室中《きょうしつじゅう》に聞《き》こえるような声《こえ》で話《はな》しているので、聞《き》こうと思《おも》っていなくても会話《かいわ》が耳《みみ》に入《はい》ってきてしまうのだ。

「ねぇ桧山《ひやま》、隠《かく》すことないでしょ。教《おし》えて！」

「イヤだ」

「え〜、なんで〜？　ケチー」

「ケチで結構《けっこう》」

桧山《ひやま》は、あいかわらず相手《あいて》にする気《き》はなさそうだった。

それでも桧山《ひやま》ファンは引《ひ》き下《さ》がらない。

「ねぇ桧山《ひやま》、こんなに真剣《しんけん》に聞《き》いてるのに教《おし》えてくれないの〜？」

だんだん『教《おし》えてくれない桧山《ひやま》』が、なぜか悪者《わるもの》のように責《せ》められ始《はじ》めている。

「関係《かんけい》ないだろ」

「ううん、あるかもよ！　うちらの中《なか》の誰《だれ》かが、もしかしたら将来《しょうらい》、桧山《ひやま》と……」

そこまで言《い》うと、そこにいる子《こ》たちだけでキャーと盛《も》り上《あ》がった。嫌《いや》でも耳《みみ》に入《はい》ってきてしまうその声《こえ》。桧山《ひやま》と、桧山《ひやま》を囲《かこ》む女子《じょし》たちの話《はなし》の行方《ゆくえ》に、今《いま》やクラスのみんなが注目《ちゅうもく》している。

「だーかーら！　ねっ、教《おし》えて、桧山《ひやま》の夢《ゆめ》」

「イヤだ」

「うちらも言《い》うからさぁ。これでお互《たが》い様《さま》」

ねー、うちら、桧山《ひやま》に言《い》うよねー。そしたら桧山《ひやま》も教《おし》えるべきだよねー。私《わたし》はねぇ、美《び》容師《ようし》さんに……。

ある子《こ》が勝手《かって》に、夢《ゆめ》を話《はな》し出《だ》した時《とき》。

「やめろよ！」

女《おんな》の子《こ》の声《こえ》をかき消《け》すような桧山《ひやま》の大声《おおごえ》が、教室《きょうしつ》に響《ひび》き渡《わた》った。

「オレ、誰《だれ》にも言《い》いたくねぇから！」

シーンとなる教室《きょうしつ》。……そこに、

「なぁ、オレの夢《ゆめ》は？　オレなら教《おし》えてやってもいいけど？　なぁ、どう？　どうよ!?」

タイミングがいいんだか悪《わる》いんだか、エイコーが飛《と》び込《こ》んできたところで、

キーンコーン　カーンコーン……。

ちょうど六時間目《ろくじかんめ》終了《しゅうりょう》を告《つ》げるチャイムが鳴《な》った。

「このまま帰《かえ》りの会《かい》、やっちゃうぞ〜」

チャイムが鳴《な》り終《お》わると同時《どうじ》に、例《れい》の男《おとこ》の先生《せんせい》がやってきた。

「係《かかり》からの連絡《れんらく》、何《なに》かあるかー？　ないなら、これで終《お》わり。気《き》をつけて帰《かえ》れよー」

さようならー。

担任《たんにん》の先生《せんせい》がいない日《ひ》の帰《かえ》りの会《かい》は、飛《と》ぶように早《はや》く終《お》わった。

ランドセルのキーホルダーがぶつかる音《おと》、サッカーをしにいく男子《だんし》たちの足音《あしおと》、再《ふたた》び始《はじ》まる女子同士《じょしどうし》のおしゃべり。さっきまで『将来《しょうらい》』について考《かんが》えていたのがウソみたいに、私《わたし》たちは『今《いま》』に引《ひ》き戻《もど》されていく。

ふと気《き》がつくと、日直《にっちょく》が消《け》し忘《わす》れたのか、黒板《こくばん》がそのままだ。

私《わたし》が代《か》わりに黒板《こくばん》を消《け》す。

『将来《しょうらい》の夢《ゆめ》』という文字《もじ》がスーっと崩《くず》れ、白《しろ》い粉《こな》になって落《お》ちていった。

自分《じぶん》の将来《しょうらい》の夢《ゆめ》は、人《ひと》に話《はな》したくない――そういう人《ひと》もいるだろうし、その気持《きも》ちもわからなくもない。「こんなこと言《い》って、笑《わら》われないかな?」とか、「こう言《い》ったのに、この夢《ゆめ》が叶《かな》わなかったらどうしよう」とか、そんなふうに考《かんが》えてしまうのだろう。

私《わたし》は、特《とく》になんとも思《おも》わずに、おしゃべりのなかでさらりと自分《じぶん》の夢《ゆめ》を話《はな》してしまう。笑《わら》われるとか、叶《かな》わないとか、そんなに難《むずか》しく考《かんが》えていないから……なのかも。

それでもやっぱり、「どうして看護師《かんごし》さんもいいな、と思《おも》うようになったか」という深《ふか》い理由《りゆう》までは、誰《だれ》にでも話《はな》せるってわけじゃない。

幼稚園《ようちえん》や一年生《いちねんせい》の時《とき》は、どんな夢《ゆめ》でも、みんなが気軽《きがる》に口《くち》にしていたのに。大人《おとな》に近《ちか》づいて、夢《ゆめ》への距離《きょり》が近《ちか》くなればなるほど、なかなか言《い》えなくなってきてしまうのかなぁ……。

——オレ、誰《だれ》にも言《い》いたくねぇから!

さっき桧山《ひやま》は、そう言《い》っていた。

……そっか。そうなんだ。

桧山《ひやま》は自分《じぶん》の夢《ゆめ》を、人《ひと》に話《はな》したくないんだね。

うーん……、でも……。

「どうしたの？　結衣《ゆい》ちゃん」

いつのまに来《き》ていたのか、帰《かえ》り支度《じたく》をした花日《はなび》とまりんのふたりに、顔《かお》をのぞき込《こ》まれた。気《き》がついたら私《わたし》は、黒板消《こくばんけ》しを片手《かたて》にフリーズしていたらしい。

「あ……やだ。ボーッとしちゃった」

「結衣《ゆい》ちゃんでも、上《うわ》の空《そら》なんてことあるんだ！」

花日《はなび》はキャッキャと笑《わら》った。

「ホント、めずらしいね。何《なに》、考《かんが》えていたの？」

まりんがそう聞《き》いてくる。

「うん……将来《しょうらい》の夢《ゆめ》のことを考《かんが》えていて」

「結衣《ゆい》ちゃんは、もうちゃんと『先生《せんせい》か看護師《かんごし》』って決《き》まっているんだから、そのまま作文《さくぶん》に書《か》けばいいんじゃない？」

「あ、うん……気《き》になってるのは私《わたし》の、じゃなくて……桧山《ひやま》の」

桧山《ひやま》の、というところは小《ちい》さな声《こえ》になってしまったけれど、ちゃんと聞《き》こえたらしく、ふたりとも「ああ〜」と、ため息《いき》のような声《こえ》をもらした。

「桧山《ひやま》、ずいぶんファンの子《こ》たちに問《と》い詰《つ》められてたもんねー」

と、花日《はなび》がちょっと気《き》の毒《どく》そうに言《い》えば、

「絶対言《ぜったいい》いたくない！　って感《かん》じだった」

と、まりんもシブい顔《かお》をした。

「結衣《ゆい》ちゃんとしては、ますます『桧山《ひやま》の夢《ゆめ》ってなんだろう』って、気《き》になっちゃうよね」

「ま、まりん……」

まりんは、恋《こい》バナならなんでもお見通《みとお》しだよ、という顔《かお》で笑《わら》っていた。

「好《す》きな人《ひと》の将来《しょうらい》の夢《ゆめ》だもん、気《き》になるに決《き》まってるよ」

「だったら私《わたし》、桧山《ひやま》に直接聞《ちょくせつき》いてくるー！」

突然《とつぜん》そう言《い》って駆《か》け出《だ》そうとする花日《はなび》を、私《わたし》は必死《ひっし》でグッとつかんだ。

「いいの！　言《い》いたくないって言《い》ってるんだし」

「でも本音《ほんね》を言《い》えば、彼女《かのじょ》としては知《し》りたい……よね？」

まりんの質問《しつもん》に、私《わたし》は小《ちい》さくうなずいた。

そう……。つまり、そのことがさっきから引《ひ》っかかっていたのだ。

知《し》りたい。

でも、聞《き》いてはいけないんだ、って。

その時《とき》、花日《はなび》が何《なに》かを思《おも》いついたように「あ！」と言《い》って、目《め》を輝《かがや》かせた。

「ふたりとも、今日《きょう》、家《うち》に遊《あそ》びにこない？」

「今日《きょう》？」

「うん。帰《かえ》ったら、すぐ！」

「どうして？」

「うん、ちょっと」

ちょっと、と言《い》いながら、花日《はなび》はとっても楽《たの》しみ！　という顔《かお》をしている。

「ねえ、なーに？」

「いいから、いいから……。そうと決《き》まれば、早《はや》く帰《かえ》ろっ！」

花日《はなび》は勝手《かって》にそう決《き》めると、早《はや》くっ早《はや》くっと、歌《うた》うようにリズムをつけて、私《わたし》を廊下《ろうか》へと押《お》していこうとした。

「ちょっと待《ま》って、カバン――」

私《わたし》は黒板消《こくばんけ》しを置《お》くと、急《いそ》いでカバンを取《と》りにいった。

3

「結衣《ゆい》ちゃん、まりんちゃん、ちょっとそこで待《ま》ってて、ね……っ」

一度《いちど》家《いえ》に帰《かえ》ってから、急《いそ》いで花日《はなび》の家《いえ》に行《い》くと、花日《はなび》はなにやら、押《お》し入《い》れをゴソゴソとかきまわしていた。花日《はなび》の部屋《へや》は、押《お》し入《い》れの奥《おく》から取《と》り出《だ》したらしい昔《むかし》のカバンや、色《いろ》あせたうさパンダのマスコット、じゃらじゃらしたキーホルダーやお守《まも》りなんかが散《ち》らかっていた。

「あったー！　これこれ……。ジャーン！」

やっと何《なに》かを見《み》つけたらしい花日《はなび》は、それを自慢《じまん》げに高《たか》く掲《かか》げた。

「見《み》て！　一年生《いちねんせい》の時《とき》と、四年生《よねんせい》の時《とき》の、それぞれのクラス文集《ぶんしゅう》！」

それは、いかにも『学校《がっこう》で綴《と》じました』という感《かん》じの、少《すこ》し色《いろ》あせた文集《ぶんしゅう》だった。

先生《せんせい》が作《つく》ったと思《おも》われる表紙《ひょうし》の方《ほう》は、おそらく一年生《いちねんせい》の時《とき》の文集《ぶんしゅう》。それよりもちょっと厚《あつ》みがあって、子《こ》どもが描《か》いたイラストの表紙《ひょうし》の方《ほう》が、四年生《よねんせい》の時《とき》の文集《ぶんしゅう》だろう。

「へぇー、花日《はなび》のいたクラス、こんなの作《つく》ってたんだ。でもなんで？」

「ふっふっふ……。えーとね、確《たし》か、ここらへんに……」

花日《はなび》は床《ゆか》にペタンと座《すわ》ると、どこかのページを急《いそ》いで探《さが》した。

「……あった！」

「おおっ……！」

花日《はなび》が開《ひら》いたのは『みんなの、しょうらいのゆめ』と大《おお》きく書《か》かれたページだった。

「私《わたし》、桧山《ひやま》とは一年生《いちねんせい》の時《とき》からずっと同《おな》じクラスだったから、きっとここに桧山《ひやま》の将来《しょうらい》の夢《ゆめ》が載《の》っているはず……」

「でかした、花日《はなび》ー！」

まりんがそう言《い》っている横《よこ》で、私《わたし》の目《め》はすでに、桧山《ひやま》の名前《なまえ》を探《さが》していた。

これは一年生《いちねんせい》の時《とき》の文集《ぶんしゅう》……。どの字《じ》も幼《おさな》くて読《よ》みにくいけど、かわいい。

ええと、ひやま、ひやま……、

「あった！」

私《わたし》は、ふたりにもわかるように指《ゆび》をさした。

そこには、「うん、確《たし》かに」と思《おも》える、桧山《ひやま》らしい夢《ゆめ》が書《か》かれていた。

——ひやまかずま　サッカーせんしゅ

……自然《しぜん》と顔《かお》がほころぶ。

みんなも、うわぁ～、かわいいー！　と声《こえ》をあげた。

うん、うん……、桧山《ひやま》にピッタリ！

言《い》われてみれば納得《なっとく》だった。スポーツが大好《だいす》きな桧山《ひやま》。そんな桧山《ひやま》の一年生《いちねんせい》の時《とき》の夢《ゆめ》は、サッカー選手《せんしゅ》だったんだ……。

一年生《いちねんせい》の頃《ころ》の桧山《ひやま》を想像《そうぞう》してみる。身体《からだ》は今《いま》よりもずっと小《ちい》さくて、手《て》や足《あし》に擦《す》り傷《きず》なんか作《つく》っちゃってて、でも勝《か》ち気《き》な目《め》は変《か》わらなくて……、なんかすごーくかわいい！

「ほら、四年生《よねんせい》の時《とき》のも」

花日《はなび》がそう言《い》って、もう一冊《いっさつ》の文集《ぶんしゅう》も広《ひろ》げた。同《おな》じように『将来《しょうらい》の夢《ゆめ》』というページがあったけれども、こっちはみんな、ぐっと字《じ》が上手《じょうず》になっている（それでもまだまだ四年生《よねんせい》の字《じ》だったけれど。特《とく》に男子《だんし》）。内容《ないよう》も二《に》、三行書《さんぎょうか》くスペースがとってあった。

――桧山一翔《ひやまかずま》　サッカー選手《せんしゅ》になってワールドカップに出る《で》！　本田選手《ほんだせんしゅ》や香川選手《かがわせんしゅ》のように、日本《にほん》でも世界《せかい》でも活《かつ》やくできる選手《せんしゅ》になりたいです。

……四年生《よねんせい》の時《とき》も、将来《しょうらい》の夢《ゆめ》はやっぱりサッカー選手《せんしゅ》だったんだね。

その頃《ころ》の桧山《ひやま》も想像《そうぞう》してみた。今度《こんど》は、今《いま》とあまり変《か》わらないような気《き》がする。でも、今《いま》よりもうちょっと子《こ》どもっぽいかな。にくまれ口《ぐち》は、きっとこの頃《ころ》から始《はじ》まっていたかも。

一年生《いちねんせい》の時《とき》も四年生《よねんせい》の時《とき》も、サッカー選手《せんしゅ》になりたかった桧山《ひやま》。

きっと、基本的《きほんてき》には今《いま》も昔《むかし》も変《か》わらない。

私《わたし》の大好《だいす》きな、桧山《ひやま》――。

心《こころ》の中《なか》が何《なに》かでいっぱいになって、私《わたし》は思《おも》わず、胸《むね》のあたりで手《て》をぎゅっと握《にぎ》りしめた

……。

「……だよねぇ、結衣《ゆい》ちゃん」

まりんにそう言《い》われて、我《われ》に返《かえ》った。

「えっと……何《なに》が『だよねぇ』、なんだっけ？」

慌《あわ》ててそう言《い》うと、花日《はなび》が「桧山《ひやま》の将来《しょうらい》の夢《ゆめ》のこと！」と教《おし》えてくれた。

「きっと今《いま》でもサッカー選手《せんしゅ》になるのが夢《ゆめ》なんじゃないかって私《わたし》はそう言《い》ったんだけど……でもまりんちゃんが、それはわからないよって……」

花日《はなび》はそう言《い》うと、眉《まゆ》を寄《よ》せてウーンとうなった。

「あ、そっか……。一年生《いちねんせい》の時《とき》から『夢《ゆめ》はサッカー選手《せんしゅ》』って言《い》い続《つづ》けていたからって、今《いま》でもサッカー選手《せんしゅ》が夢《ゆめ》だとは限《かぎ》らないんだ」

私《わたし》がそう言《い》うと、まりんが「でしょう？」と続《つづ》けた。

「そりゃあ、ね。あれだけスポーツが得意《とくい》な桧山《ひやま》なんだから、きっと今《いま》でも将来《しょうらい》の夢《ゆめ》はサッカー選手《せんしゅ》なんじゃないかなーって思《おも》うよ？　……でもさ」

まりんは考《かんが》えながら言《い》った。

「だったら、どうして桧山《ひやま》は堂々《どうどう》と『夢《ゆめ》はサッカー選手《せんしゅ》』って言《い》わないんだろう？」

「ホントだ……。どうしてだろう……」

花日《はなび》が、今《いま》わかった、というように、つぶやいた。

「ま、自分《じぶん》の夢《ゆめ》を聞《き》かれて、やたらペラペラとしゃべらないところは桧山《ひやま》らしいけどね」

まりんはそう付《つ》け加《くわ》えた後《あと》、「とにかくさ」と言《い》って、文集《ぶんしゅう》をパタンパタンと閉《と》じた。

「今《いま》どう思《おも》っているかは、やっぱり本人《ほんにん》に聞《き》いてみないとわからないんじゃない？」

「でも……桧山《ひやま》、今日学校《きょうがっこう》で、誰《だれ》にも言《い》いたくないって……」

「それは桧山《ひやま》ファンの子《こ》に対《たい》して言《い》ったことでしょう？　結衣《ゆい》ちゃんは特別《とくべつ》」

「特別《とくべつ》って……」

「彼女《かのじょ》だもん」

「まりん……」

「お姉《ねえ》は、彼氏《かれし》になった男《おとこ》の将来《しょうらい》の夢《ゆめ》は必《かなら》ず聞《き》きだすって言《い》ってたよ。彼女《かのじょ》なんだから、いいじゃんって。将来出世《しょうらいしゅっせ》する男《おとこ》かどうか、ちゃんと見極《みきわ》めておくんだって」

……さすが、まりんのお姉《ねえ》ちゃん。

「結衣《ゆい》ちゃんだって、桧山《ひやま》の夢《ゆめ》を聞《き》く権利《けんり》くらいあるよ」

まりんはそう言《い》うと、私《わたし》の肩《かた》をトントンと優《やさ》しく叩《たた》いた。

「思《おも》い切《き》って、今《いま》の夢《ゆめ》を聞《き》いてみれば？」

花日《はなび》もその横《よこ》で、ウンウンとうなずきながら笑《わら》っている。

「……うん」

明日《あした》学校《がっこう》で、そっと聞《き》いてみようかな。

色《いろ》あせた文集《ぶんしゅう》の表紙《ひょうし》を見《み》ながら、私《わたし》はそう思《おも》った。

4

次《つぎ》の日《ひ》の朝《あさ》。

同《おな》じ学校《がっこう》で、しかも同《おな》じクラスで。桧山《ひやま》と話《はな》そうと思《おも》えば、いつでも話《はな》すことができるはず……なんだけど。

「桧山《ひやま》……あの、さ」

「おおーっと！　放課後《ほうかご》デートのお誘《さそ》いでしょうか？　もしかして、私《わたし》の家《いえ》に遊《あそ》びに来《き》て、とか言《い》っちゃう？　ま、まさか、ついにケッコンでしょーか!?」

「ちゃおちゃおテレビです。今《いま》の気持《きも》ちを一言《ひとこと》！」

「はーい、こっち！　お写真撮《しゃしんと》りまーす。もっと寄《よ》りそって――」

……って。

私《わたし》、ただ、朝《あさ》の会《かい》が始《はじ》まる前《まえ》のざわざわとした時間《じかん》に「桧山《ひやま》あのさ」って、たった一言《ひとこと》話《はな》しかけただけだよ!?

なのに、エイコーや委員長《いいんちょう》や、新聞《しんぶん》クラブ（男子《だんし》が勝手《かって》に作《つく》った）、放送《ほうそう》クラブ（男子《だんし》が勝手《かって》に作《つく》った）、イラストクラブ（これも男子《だんし》が勝手《かって》に作《つく》った。まったくうちのクラスの男子《だんし》ときたら！）、……そんな男子《だんし》たちがわっと集《あつ》まってきて、私《わたし》と桧山《ひやま》を取《と》り囲《かこ》んでこの騒《さわ》ぎ――。

「お、ま、え、ら～～～～～！」

「わ――っ」

桧山《ひやま》がかろうじて男子《だんし》を蹴散《けち》らしてくれたけど、それでもやっぱり、みんなは遠巻《とおま》きに私《わたし》たちに注目《ちゅうもく》したままで……。からかわれるのが嫌《きら》いな桧山《ひやま》は、ムッとしたまま私《わたし》に言《い》った。

「何《なに》？」

「……ううん。なんでもない」

この状況《じょうきょう》で、私《わたし》はそう言《い》うしかなかった。

一時間《いちじかん》ごとにある休《やす》み時間《じかん》、音楽室《おんがくしつ》や体育館《たいいくかん》への移動《いどう》、昼休《ひるやす》み……。

私《わたし》はそのたびごとに、桧山《ひやま》が今《いま》どこで何《なに》をしているかを目《め》の端《はし》っこでチェックして、できるだけ目立《めだ》たないように話《はな》しかけるチャンスをうかがっていた。

だけど、桧山《ひやま》がひとりでいる時《とき》なんて全然《ぜんぜん》なくて。

移動教室《いどうきょうしつ》は、数人《すうにん》の男子《だんし》たちと一緒《いっしょ》に行動《こうどう》しているし。

昼休《ひるやす》みはサッカーだし。

一時間《いちじかん》ごとの十分休《じっぷんやす》みは、自分《じぶん》の席《せき》のまわりの男子《だんし》と「いっせーの、せ！　やりぃ、イチ抜《ぬ》け〜！」なんて、親指《おやゆび》を立《た》てる遊《あそ》びをしているし。

話《はな》しかけるチャンスがありそうでない。特《とく》に今朝《けさ》あんなことがあったから、今日《きょう》は特別《とくべつ》、まわりを警戒《けいかい》してしまう。

世《よ》の中《なか》には「遠距離恋愛《えんきょりれんあい》」なんて言葉《ことば》があって、日本《にほん》の端《はし》と端《はし》、もしかしたら世界《せかい》のすみっことすみっこで恋愛《れんあい》しているカレカノもいるかもしれないのに、同《おな》じ学校《がっこう》、同《おな》じ教室《きょうしつ》のこんなに近距離《きんきょり》にいるのに、気持《きも》ちは全然《ぜんぜん》伝《つた》わらない……。

「これ、持《も》っていっちゃうね」

そんなふうにすごした後《あと》の掃除《そうじ》の時間《じかん》。私《わたし》は、パンパンになったゴミ袋《ぶくろ》の口《くち》をぎゅっと結《むす》んだ。

一階《いっかい》までゴミを持《も》っていかなければならないため、みんな面倒《めんどう》くさがってあまりこの作《さ》業《ぎょう》をやりたがらない。ま、誰《だれ》かがやらなきゃならないことだから……、私《わたし》はゴミ袋《ぶくろ》を持《も》って、一階《いっかい》の、外《そと》にあるゴミ置《お》き倉庫《そうこ》へと向《む》かっていった。

高学年《こうがくねん》が掃除《そうじ》している階《かい》を通《とお》り抜《ぬ》けて、低学年《ていがくねん》の教室《きょうしつ》がある二階《にかい》から一階《いっかい》へと階段《かいだん》を下《お》りる。一年生《いちねんせい》や二年生《にねんせい》の子《こ》が、小《ちい》さい身体《からだ》でちょこまかと掃除《そうじ》をしている。

「……おい」

不意《ふい》に、後《うし》ろから声《こえ》をかけられた。この階《かい》で話《はな》しかけられることなんてあるのかな、と思《おも》いながらふり向《む》くと、そこには、

「……桧山《ひやま》⁉」

空《から》のバケツを持《も》った桧山《ひやま》が、私《わたし》の真後《まうし》ろを歩《ある》いていた。

「俺《おれ》、バケツの水《みず》、捨《す》ててきた帰《かえ》り」

帰《かえ》りもなにも……バケツの水《みず》は、自分《じぶん》たちの階《かい》の流《なが》しで捨《す》てるものなんじゃあ……。

私《わたし》が不思議《ふしぎ》そうな顔《かお》をすると、桧山《ひやま》はイライラしながら「だからー」と、目《め》をそらせて言《い》った。

「話《はな》したいこと、あったんだろ？」

……そのために私《わたし》を追《お》いかけてきてくれたの？

「ったく、あれだけチラチラこっち見《み》てたら、気《き》になってしょーがないっつーの」

照《て》れくさいのを隠《かく》すように、桧山《ひやま》はちょっと怒《おこ》ったようにそう言《い》う。

――桧山《ひやま》……。

今日一日《きょういちにち》、私《わたし》が見《み》ていたこと、気《き》づいてくれていたんだ……。

ゴミ置《お》き倉庫《そうこ》は、渡《わた》り廊下《ろうか》からちょっと外《はず》れた所《ところ》にあった。上履《うわば》きのまま、そこに下《お》りる。校舎《こうしゃ》と倉庫《そうこ》に四角《しかく》く切《き》り取《と》られたようなコンクリートのスペース。真上《まうえ》には、同《おな》じく四角《しかく》い形《かたち》の空《そら》が見《み》える。

「で、なんだよ」

桧山《ひやま》は持《も》っていたバケツをガコンと鳴《な》らして地面《じめん》に置《お》いてから、そう聞《き》いてきた。

私《わたし》は思《おも》いきって言《い》った。

「桧山《ひやま》の将来《しょうらい》の夢《ゆめ》って、もしかして……サッカー選手《せんしゅ》？」

「え？」

不意《ふい》をつかれたような桧山《ひやま》の声《こえ》。

「話《はな》したいことって、そんなこと……？」

そんなこと……。

その言葉《ことば》にメゲそうになる。

「そういう蒼井《あおい》は？」

桧山《ひやま》に聞《き》かれて、今度《こんど》はちょっとうれしくなる。

「私《わたし》、学校《がっこう》の先生《せんせい》か、看護師《かんごし》さんになりたいの」

「……しっかりしてるんだな」

桧山《ひやま》は下《した》を向《む》いてボソッとつぶやいた。

「で、桧山《ひやま》は？」

私《わたし》はわざと明《あか》るく聞《き》いてみた。今度《こんど》は桧山《ひやま》の番《ばん》だよ、って言《い》うみたいに。

「やっぱりサッカー選手《せんしゅ》？」

「いや、オレは、その……」

「それとも、何《なに》か別《べつ》の……」

「オレの夢《ゆめ》は、」

……ついに話《はな》してくれるのかも。緊張《きんちょう》する。

「オレの夢《ゆめ》は……新世界《しんせかい》の神《かみ》」

「え？」

「……って言《い》ってるヤツ、いたよなー、うちのクラスに」

「もう。真面目《まじめ》に答《こた》えてよ」

「……。じゃあ教《おし》えてやる」

桧山《ひやま》は足元《あしもと》をじっと見《み》つめた。

……今度《こんど》こそ、教《おし》えてくれる？

桧山《ひやま》は足《あし》を振《ふ》り上《あ》げて、勢《いきお》いをつけると……、

「でもそれは……百年後《ひゃくねんご》なっ！」

「なっ」と言《い》うと同時《どうじ》に、桧山《ひやま》は足元《あしもと》の石《いし》を蹴《け》りあげた。

カコーン！

桧山《ひやま》の蹴《け》った石《いし》はバケツに当《あ》たり、乾《かわ》ききった空《から》っぽの音《おと》があたりに響《ひび》いた。

「シュート！」

「ちょっと桧山《ひやま》〜〜〜〜」

「ハハッ、早《はや》く戻《もど》らないと、掃除《そうじ》の時間《じかん》終《お》わっちまうぞー」

桧山《ひやま》はそう言《い》って笑《わら》うと、バケツを持《も》って逃《に》げていった。

……四角《しかく》く囲《かこ》まれたコンクリートに、ひとり取《と》り残《のこ》された気分《きぶん》。

桧山《ひやま》は笑《わら》っていたけど。

言《い》い方《かた》も、いつもの冗談《じょうだん》って雰囲気《ふんいき》だったけど。

——私《わたし》、桧山《ひやま》にはぐらかされた……？

5

「そんなことがあったの……」

私《わたし》の話《はなし》を聞《き》き終《お》わると、まりんは「うーん」と腕組《うでぐ》みをした。

その日《ひ》の学校《がっこう》の帰《かえ》り道《みち》。ゴミ置《お》き倉庫《そうこ》での出来事《できごと》を、まりん、花日《はなび》のふたりに話《はな》しているうちに、いつもの公園《こうえん》の前《まえ》にさしかかった。

足《あし》は自然《しぜん》と公園《こうえん》に向《む》かい、私《わたし》たちはそこのベンチに座《すわ》り込《こ》む。

「これは『まりんの部屋《へや》』始《はじ》まって以来《いらい》の難問《なんもん》だわ」

『まりんの部屋《へや》』っていうのは、まりんが相談役《そうだんやく》になって、女《おんな》の子《こ》の恋愛相談《れんあいそうだん》を受《う》ける空間《くうかん》のこと。イスひとつあれば、いつでもどこでも「恋《こい》バナなら、まかせて！」と、まりんが相談《そうだん》にのってくれている。（ちなみに『サロン・ド・まりん』『まりん恋愛講座《れんあいこうざ》』『まりん取調室《とりしらべしつ》』『まりんの部屋《へや》・茶室《ちゃしつ》バージョン』等々《などなど》、いろいろあります……）。

——というわけで、今日《きょう》は公園《こうえん》のベンチが『まりんの部屋《へや》』のイス代《が》わりになっていた。

「百年後《ひゃくねんご》って……おじいさんとおばあさんになっちゃうじゃ～ん！」

花日《はなび》は頭《あたま》を抱《かか》えて、「考《かん》えてること、わかんないよ、桧山《ひやま》あ～～～～」と、叫《さけ》んでいる。

私《わたし》も、わけがわからない。追《お》いかけてきて話《はなし》を聞《き》いてくれたかと思《おも》うと、新世界《しんせかい》の神《かみ》って言《い》ってふざけてみたり、百年後《ひゃくねんご》ってはぐらかしたり。

桧山《ひやま》の将来《しょうらい》の夢《ゆめ》って、何《なに》？

そして、それを教《おし》えてくれない理由《りゆう》は？

まりんは、ふー、とため息《いき》をついた。

「お姉《ねえ》、言《い》ってた。男《おとこ》って超単純《ちょうたんじゅん》なくせに、こっちがビックリするくらい繊細《せんさい》なところもある～って。それってたぶん、こーゆーとこなのかも」

さすがまりんのお姉《ねえ》ちゃん……大人《おとな》の女発言《おんなはつげん》。

「で、思《おも》ったんだけどさ。桧山《ひやま》が結衣《ゆい》ちゃんに将来《しょうらい》の夢《ゆめ》を教《おし》えなかった理由《りゆう》……。もしかしたら、二通《ふたとお》りのケースが考《かん》えられるんじゃない？」

「二通《ふたとお》り？」

私《わたし》も花日《はなび》も、思《おも》わずまりんの顔《かお》を見《み》る。

「うん。あくまで私《わたし》の推理《すいり》だけどね」

まりんは人差《ひとさ》し指《ゆび》をこめかみに当《あ》てて考《かんが》え込《こ》むようなポーズをとると、続《つづ》きを話《はな》した。

「ひとつはやっぱり『サッカー選手《せんしゅ》になりたい』って思《おも》っている場合《ばあい》」

うんうん、桧山《ひやま》はやっぱりサッカー選手《せんしゅ》に向《む》いてるよね〜、ね、結衣《ゆい》ちゃん！ ……と花日《はなび》が無邪気《むじゃき》にそう話《はな》しかけてきた。

「私《わたし》もそう思《おも》う。でも……だったらどうして、そう言《い》ってくれないんだろう。一年生《いちねんせい》や四《よ》年生《ねんせい》の時《とき》の文集《ぶんしゅう》には、堂々《どうどう》と書《か》いているのに」

「そこなんだけど」

まりんはそう言《い》うと、ベンチから立《た》ちあがった。

この公園《こうえん》は、ちょうど土手《どて》の真下《ました》という位置《いち》に作《つく》られていた。その下《した》の新《あたら》しい住宅地《じゅうたくち》を少《すこ》しだけ見下《みお》ろすことができるし、また、この土手《どて》を上《あ》がりきると、昔《むかし》から変《か》わらない、長《なが》く続《つづ》く川面《かわも》の景色《けしき》を見《み》ることができる。

「見《み》て」

まりんが指《ゆび》さしたのは下《した》の方《ほう》……。小《ちい》さな空《あ》き地《ち》で、一年生《いちねんせい》くらいの男《おとこ》の子《こ》たちがサッカーボールを蹴《け》って遊《あそ》んでいた。子犬《こいぬ》がじゃれ合《あ》うようにボールを奪《うば》い合《あ》っている姿《すがた》は、とってもかわいい。桧山《ひやま》もああだったのかな……と、つい考《かん》えてしまう。

「あのくらいの頃《ころ》は、なんにも考《かん》えなくても『大《おお》きくなったらサッカー選手《せんしゅ》になる』って言《い》えたよね。……だけど」

そう言《い》うと、今度《こんど》は土手《どて》を見上《みあ》げるまりん。

ちょうど、高校生《こうこうせい》らしき運動部《うんどうぶ》の一団《いちだん》が、かけ声《ごえ》をかけながら土手《どて》を通《とお》りすぎていくところだった。

土手《どて》の下《した》には一年生《いちねんせい》、土手《どて》の上《うえ》には高校生《こうこうせい》。私《わたし》たちは、ちょうどその真《ま》ん中《なか》くらいだ。

「もう十二歳《じゅうにさい》だから……」

まりんは、その一団《いちだん》の背中《せなか》を見送《みおく》りながら言《い》った。

「サッカー選手《せんしゅ》になりたいなんて、そんな夢《ゆめ》、叶《かな》うわけない……、そう思《おも》うようになっちゃったんじゃない？」

「えーっ、あんなにサッカーが得意《とくい》な桧山《ひやま》なのに⁉」

花日《はなび》は、驚《おどろ》いてそう言《い》った。

「だから、余計《よけい》言《い》いにくいんだよ。私《わたし》だって、桧山《ひやま》はうちの学校《がっこう》で一番《いちばん》サッカーが上手《うま》いと思《おも》ってる。……でもさ、世《よ》の中《なか》には同《おな》い年《どし》でJ《ジェイ》リーグのジュニアチームに入《はい》っている子《こ》とか、海外留学《かいがいりゅうがく》を目指《めざ》している子《こ》とか、いろんな子《こ》がいるんだもん」

「でも、地元《じもと》の中学《ちゅうがく》や高校《こうこう》の部活《ぶかつ》で大活躍《だいかつやく》した後《あと》、プロになってる選手《せんしゅ》だってたくさんいるよ？」

私《わたし》がおずおずとそう言《い》うと、まりんもうなずきながら言《い》った。

「うん……。でも、どっちにしてもプロになれるのは、ほんの一握《ひとにぎ》り。スポーツの世界《せかい》のことをわかってる桧山《ひやま》だからこそ、現実《げんじつ》を知《し》れば知《し》るほど『サッカー選手《せんしゅ》になりたい』なんて、言《い》えなくなっちゃったんじゃないかなあ」

――桧山《ひやま》……、そうなの？

花日《はなび》は「う～～～ん、わかったような、わからないような」とつぶやくと、早《はや》くも、二通《ふたとお》りのうちの、もうひとつに興味《きょうみ》を持《も》ち始《はじ》めた。

「で。まりんちゃんが考《かんが》える、もうひとつのケースは？」

「それは……桧山《ひやま》が『サッカー選手以外《せんしゅいがい》の将来《しょうらい》』を考《かんが》え始《はじ》めている場合《ばあい》」

「サッカー選手以外《せんしゅいがい》……」

私《わたし》は思《おも》わず、まりんの言葉《ことば》を繰《く》り返《かえ》した。

……なんだろう。

一年生《いちねんせい》の時《とき》、四年生《よねんせい》の時《とき》、どちらも「サッカー選手《せんしゅ》」と書《か》いていたのを見《み》てしまったせいか、それ以外《いがい》の桧山《ひやま》の夢《ゆめ》は思《おも》いつかない。花日《はなび》も、またもや「う〜ん」とうなっている。

それを察《さっ》したのか、まりんが言《い》った。

「私《わたし》も、サッカー選手《せんしゅ》以外《いがい》の桧山《ひやま》の夢《ゆめ》なんて全然《ぜんぜん》思《おも》いつかなかったんだ。でも、まわりのことをよく考《かんが》えたら、もしかして……って思《おも》った」

「まわりって、桧山《ひやま》のまわりのこと……??」

「……あ」

花日《はなび》の方《ほう》が早《はや》く、気《き》がついたらしい。

「サッカーしたり、ゴミ置《お》き倉庫《そうこ》に来《き》てくれたりした桧山《ひやま》のことしか頭《あたま》にない結衣《ゆい》ちゃんの方《ほう》が、気《き》づきにくいかも」

花日《はなび》がそう言《い》うと、まりんもうなずいてヒントを出《だ》すように言《い》った。

「桧山《ひやま》はひとりっ子《こ》で——、そして、お家《うち》は——」

「あ……っ！」

さすがに私《わたし》も気《き》がついた。

「銭湯《せんとう》……」

「ね？　気《き》がついてみれば、お家《うち》の仕事《しごと》を継《つ》ぐっていうのもアリでしょ？」

……確《たし》かに。

でも……、

「だったら『銭湯《せんとう》を継《つ》ぎたい』って言《い》えばいいのに」

ウンウンそうだよねぇ？　と花日《はなび》も首《くび》をかしげている。

「うん、私《わたし》もそう思《おも》った。なんで？　って。で、お姉《ねえ》の言葉《ことば》を思《おも》い出《だ》したの。男《おとこ》は単純《たんじゅん》だけど、繊細《せんさい》だって」

まりんはそう言《い》うと、急《きゅう》に「花日《はなび》に質問《しつもん》！」と、話《はなし》をふった。

「プロサッカーと銭湯《せんとう》。フツーに考《かんが》えて、華《はな》やかなのはどっち？　女《おんな》の子《こ》がキャーキャー言《い》うのはどっちだと思《おも》う？」

「そ、それは……プロサッカーだと思《おも》うけど……」

私《わたし》は思《おも》わないけど……と、花日《はなび》は私《わたし》に気《き》を遣《つか》うように、そう言《い》った。

「だよね。『夢《ゆめ》はサッカー選手《せんしゅ》なの？』って聞《き》いてくる彼女《かのじょ》に、『銭湯《せんとう》を継《つ》ぎたい』とは言《い》えなかったんじゃない？　できるだけカッコイイ自分《じぶん》を見《み》せたいって気持《きも》ち、誰《だれ》にだってあるから。……って。これ、あくまで私《わたし》の想像《そうぞう》だけど」

「そんな……」

──私《わたし》、桧山《ひやま》にそんなことを思《おも》わせてしまった？

そんなこと、思《おも》うわけないのに……。

悲《かな》しいような、悔《くや》しいような、つらいような……そんな気持《きも》ちでいっぱいになった。

夢《ゆめ》の話《はなし》をしているのに、どうしてこんな気持《きも》ちになってしまうんだろう。

もしかしたら──、
十二歳《じゅうにさい》になって『夢《ゆめ》』っていう言葉《ことば》がちょっぴり重《おも》く感《かん》じられるようになってきたのは、『夢《ゆめ》』が、ほんの少《すこ》し『現実《げんじつ》』に近《ちか》づいてきたからなのかもしれない。

それでもまだまだ夢《ゆめ》までの距離《きょり》は遠《とお》くて、道《みち》もわからなくて……迷《まよ》ったり悩《なや》んだり、素《す》直《なお》に言《い》えなかったり……。

──桧山《ひやま》、サッカー選手《せんしゅ》を目指《めざ》しているのに、その夢《ゆめ》が叶《かな》わないかもしれないから言《い》えないでいるの？

──それとも、銭湯《せんとう》を継《つ》ぐことを考《かんが》え始《はじ》めたのに、サッカー選手《せんしゅ》と比《くら》べて華《はな》やかさがないから、それで言《い》えないでいるの？

……それとも。

——桧山《ひやま》が将来《しょうらい》の夢《ゆめ》を言《い》わないのは、もっと別《べつ》の理由《りゆう》があるんじゃないの……？

「……もう一度《いちど》、桧山《ひやま》と話《はなし》がしたい」

私《わたし》の口《くち》から、思《おも》わず言葉《ことば》がこぼれた。

「うん。結衣《ゆい》ちゃんがそう思《おも》うの、わかる」

花日《はなび》がそう言《い》ってくれた。

「それが一番《いちばん》かも。これ、あくまでも私《わたし》の推理《すいり》だし」

まりんは、頭《あたま》をかきながらそう言《い》った。

「あ、うわさをすれば……」

まりんが土手《どて》を見上《みあ》げて、そう言《い》った。

土手《どて》の向《む》こうから走《はし》ってくる男《おとこ》の子《こ》の姿《すがた》——桧山《ひやま》だった。

「ひ〜や〜ま〜〜〜〜！」

いつものペースに戻《もど》って、花日《はなび》は元気《げんき》に、走《はし》る桧山《ひやま》に向《む》かってブンブンと手《て》を振《ふ》った。

「あ、ああ」

桧山《ひやま》は速度《そくど》をちょっと落《お》として、かろうじて返事《へんじ》らしき言葉《ことば》を返《かえ》してきた。

6

「桧山《ひやま》ー、ちょっとおいでよー」

土手《どて》の上《うえ》に向《む》かってまりんがそう声《こえ》をかけたけれど、桧山《ひやま》は足《あし》を止《と》めなかった。

「急《いそ》いでるから」

「なんで〜？」

「サッカーやってて、今日《きょう》、銭湯《せんとう》の店番頼《みせばんたの》まれてんの、すっかり忘《わす》れてた〜〜〜〜」

サッカー……、銭湯《せんとう》……。

まりんと花日《はなび》は顔《かお》を見合《みあ》わせた。桧山《ひやま》の言葉《ことば》に「やっぱりね」と思《おも》ったらしい。

「ちょっとだけ！　結衣《ゆい》ちゃん、話《はなし》があるってー！」

「ちょっと、まりん！　私《わたし》はいいって」

慌《あわ》ててまりんを止《と》めたけど、桧山《ひやま》には届《とど》かなかったらしい。

「蒼井《あおい》が？」

「結衣《ゆい》ちゃん、ほら。行《い》っておいでよ」

花日《はなび》とまりんに背中《せなか》を押《お》されて、私《わたし》は仕方《しかた》なく、ひとりで土手《どて》を上《あ》がっていった。

夕暮《ゆうぐ》れにはまだ早《はや》い、でも青空《あおぞら》と呼《よ》ぶにはもう遅《おそ》い、この一時《いっとき》だけ色《いろ》をなくしたような――土手《どて》の上《うえ》には、そんな空《そら》が広《ひろ》がっていた。

「何《なに》？」

桧山《ひやま》は先《さき》を急《せ》かすように、そう言《い》った。

「あ、あの……今日《きょう》はありがとう。掃除《そうじ》の時間《じかん》に、その……追《お》いかけてきてくれて」

「ああ。あれは……」

ただバケツの水《みず》を取《と》り替《か》えるついでだったから……と、桧山《ひやま》は言《い》い訳《わけ》した。

「でね、考《かんが》えたんだけど」

「何《なに》を？」

「百年後《ひゃくねんご》に教《おし》えてくれるっていう、桧山《ひやま》の夢《ゆめ》のこと」

「……いいよ、別《べつ》に。蒼井《あおい》が考《かんが》えてくれなくても」

ちょっとムッとする桧山《ひやま》。

でも……。桧山《ひやま》にイヤそうな顔《かお》をされても、どうしても言《い》いたいことがある。

「桧山《ひやま》の将来《しょうらい》の夢《ゆめ》ってさ……サッカー選手《せんしゅ》？」

「また、それかよ」

桧山《ひやま》は呆《あき》れた顔《かお》をした。

「そんなにサッカーに興味《きょうみ》があるなら、蒼井《あおい》が女子《じょし》サッカーを目指《めざ》せばいいだろ？」

「ち、違《ちが》うの。サッカー選手《せんしゅ》に興味《きょうみ》があるとか、桧山《ひやま》になってほしいとかじゃなくて……、もしかしたら桧山《ひやま》は、サッカー選手《せんしゅ》になろうとは思《おも》ってないんじゃないかなって」

「はあ？」

「桧山《ひやま》、もしかしたら……銭湯《せんとう》を継《つ》ごうと思《おも》っているの？」

「今度《こんど》は銭湯《せんとう》？」

「もしそうだったら、それってすごいことだなって思《おも》ったから、そう伝《つた》えたくて……」

「蒼井《あおい》はオレに、サッカー選手《せんしゅ》よりも、銭湯《せんとう》を継《つ》いでほしいと思《おも》ってるってわけね」

「違《ちが》う、そうじゃない」

「言《い》いたいことが、全然《ぜんぜん》わかんないんだけど」

次第《しだい》にイライラしてくる桧山《ひやま》。

私《わたし》は心《こころ》の中《なか》で、自分《じぶん》に「落《お》ち着《つ》いて」と言《い》い聞《き》かせた。

「つまり、私《わたし》が言《い》いたいのは……、親《おや》がやってきた銭湯《せんとう》を継《つ》ぐっていうのは、とってもしっかりした夢《ゆめ》だと思《おも》ってるってこと。そして、サッカー選手《せんしゅ》になる夢《ゆめ》を追《お》い続《つづ》けることだって、大変《たいへん》だけど大《おお》きな夢《ゆめ》だなって思《おも》ってる。サッカー選手《せんしゅ》も、銭湯《せんとう》を継《つ》ぐことも、どっちもすごい夢《ゆめ》だって、言《い》いたかったの」

……うん。まずは、言《い》いたいことの半分《はんぶん》を伝《つた》えられた。

そして、残《のこ》りの半分《はんぶん》。

――でも桧山《ひやま》は、もしかしたら、もっと違《ちが》うことを考《かんが》え始《はじ》めているんじゃない？

私《わたし》は、そう続《つづ》けようとしたのだけれど……、

「オレの将来《しょうらい》、勝手《かって》に決《き》めないでくれる？」

私《わたし》が続《つづ》きを話《はな》す前《まえ》に、桧山《ひやま》にそう言《い》われてしまった。

「そんな……、決《き》めつけてるわけじゃないよ！　これから、その続《つづ》きの話《はなし》をしようと
……」

「話《はなし》、まだ続《つづ》くの？　今《いま》じゃなきゃダメ？」

「あ、え、えーと……」

どうしよう。桧山《ひやま》に迷惑《めいわく》かけたくない。だけど、誤解《ごかい》したままで話《はなし》を終《お》わらせたくない。

「……オレ、時間《じかん》ないんだけど」

「だよね……。でも、あの……」

「後《あと》でいいじゃん。蒼井《あおい》には関係《かんけい》ないことなんだから」

……。

私《わたし》には、関係《かんけい》ないこと……。

「……だね」

小《ちい》さな声《こえ》で答《こた》えたから、声《こえ》が桧山《ひやま》まで届《とど》かなかったらしい。

「え？」

今度《こんど》はお腹《なか》に力《ちから》を入《い》れて、できるだけ笑顔《えがお》で、元気《げんき》よく、

「そうだねって、言《い》ったの。……私《わたし》には関係《かんけい》ないことなのに、ごめんね！　急《いそ》いで家《いえ》に帰《かえ》って！　じゃあね」

「あ、ああ……。じゃあな」

桧山《ひやま》が走《はし》り出《だ》すのを確認《かくにん》してから、くるっと向《む》きを変《か》えて土手《どて》を下《お》りる。

「結衣《ゆい》ちゃん、話《はなし》、終《お》わった〜？」

私《わたし》を待《ま》っていた花日《はなび》とまりんが、こっちを見《み》て……。その顔《かお》を見《み》たら、張《は》りつめた糸《いと》が
プツンと切《き》れた。

「……結衣《ゆい》ちゃん？」

「花日《はなび》……、まりん……」

ふたりの元《もと》へ駆《か》け寄《よ》ると同時《どうじ》に、私《わたし》の目《め》から我慢《がまん》していた涙《なみだ》があふれだした。

どうしたの、何言《なにい》われたの？　と、花日《はなび》とまりんは驚《おどろ》いて、交互《こうご》に声《こえ》をかけてくれる。

「私《わたし》、関係《かんけい》ないって言《い》われちゃった……」

「え……」

「桧山《ひやま》の将来《しょうらい》……、私《わたし》には関係《かんけい》ないって……」

我慢《がまん》しようとしても、次《つぎ》から次《つぎ》へとあふれる涙《なみだ》。

「私《わたし》、桧山《ひやま》に嫌《きら》われちゃったかも……」

「そんなこと、あるわけないじゃん！」

「でも、桧山《ひやま》が……」

「……蒼井《あおい》」

花日《はなび》でもまりんでもない声《こえ》がした。

泣《な》いている顔《かお》をあげて、ふりむくと、そこには……、

「桧山《ひやま》……!?」

「……ったくもう！　戻《もど》ってきてよかった。なんか蒼井《あおい》、様子《ようす》がヘンだったから。……ちょっと来《こ》い」

「え？」

「時間《じかん》ねぇんだ。いいから来《こ》い！」

桧山《ひやま》は私《わたし》の手《て》を取《と》ると、強《つよ》めに引《ひ》っ張《ぱ》った。

「え……、ちょっと……」

——桧山《ひやま》、手《て》……。いつもなら絶対《ぜったい》に、こんなことしないのに……。

でも先《さき》を急《いそ》いでいる桧山《ひやま》は、そんなことは全《まった》く気《き》にしていない様子《ようす》だった。

「いいよな」

私《わたし》ではなく、花日《はなび》とまりんに向《む》かってそう聞《き》く桧山《ひやま》。

「いい、いい。連《つ》れてっちゃって！」

そう言《い》ったのは、花日《はなび》だったか、まりんだったか……。

気《き》がついたら、私《わたし》は桧山《ひやま》に手《て》を引《ひ》かれて走《はし》っていた。

突然《とつぜん》のことに驚《おどろ》いて、いつのまにか私《わたし》の涙《なみだ》は止《と》まっている。

これから夕焼《ゆうや》けが始《はじ》まろうとしている土手沿《どてぞ》いの道《みち》を、私《わたし》は桧山《ひやま》に手《て》を引《ひ》かれて、かなりのスピードで駆《か》けていった……。

7

お客《きゃく》さんが誰《だれ》もいない銭湯《せんとう》は、不思議《ふしぎ》な静《しず》けさに満《み》ちていた。

ここは町中《まちなか》の銭湯《せんとう》。そして、桧山《ひやま》の家《いえ》でもある。

「あー、焦《あせ》った。なんとか時間《じかん》に間《ま》にあった」

桧山《ひやま》はそう言《い》いながら、次々《つぎつぎ》と窓《まど》を開《あ》けたり、スリッパをそろえたりして開店準備《かいてんじゅんび》をしていく。

「この時間《じかん》、まだお客《きゃく》さんは来《こ》ないんだけど、時々《ときどき》は早《はや》い時間《じかん》に来《く》る人《ひと》もいるし。その時《とき》開《あ》いてないと、何《なに》やってんだって話《はなし》になっちゃうし」

私《わたし》に言《い》っているのか、ひとりごとなのか、よくわからない感《かん》じで桧山《ひやま》はしゃべっている。

「で……」

ひと通《とお》り準備《じゅんび》がすむと、桧山《ひやま》は仕切《しき》り直《なお》すような声《こえ》を出《だ》した。

「蒼井《あおい》、勘違《かんちが》いするなよ」

桧山《ひやま》にそう言《い》われて、さっきの悲《かな》しい気持《きも》ちが戻《もど》ってきたけれど、今度《こんど》はもっと冷静《れいせい》に考《かんが》えられる。

そうだよね、勘違《かんちが》いもいいとこだよね。それなのに、私《わたし》、泣《な》き出《だ》したりして……。

「関係《かんけい》ないのに、ごめんね。私《わたし》、もう二度《にど》と、桧山《ひやま》の将来《しょうらい》に口《くち》だしなんて……」

「あ〰〰っ……、蒼井《あおい》、やっぱり勘違《かんちが》いしてる！」

桧山《ひやま》は自分《じぶん》の頭《あたま》をぐしゃぐしゃとかきむしった。

「言《い》っとくけど！　オレの将来《しょうらい》の夢《ゆめ》のこと、蒼井《あおい》に関係《かんけい》ないって言《い》ったのは、そーゆー意《い》味《み》じゃないから！　えーっと、なんてゆーか……」

桧山《ひやま》は、あ〜とか、ん〜とか言《い》いながら、一生懸命言葉《いっしょうけんめいことば》を探《さが》して、そして言《い》った。

「蒼井《あおい》がしっかり自分《じぶん》の夢《ゆめ》を決《き》めたみたいに、オレの将来《しょうらい》の夢《ゆめ》は、オレが！　自分《じぶん》で！

決《き》めなきゃいけないことだと思《おも》ったからなんだ!!」

「桧山《ひやま》……」

そういう意味《いみ》だったんだ。

「なのにオレ、迷《まよ》ってばっかで……、情《なさ》けなくて……」

困《こま》り果《は》てた顔《かお》の桧山《ひやま》……。桧山《ひやま》、悩《なや》んでいたんだ……。

なんて言《い》ったらいいのかと思《おも》っていたその時《とき》、入《い》り口《ぐち》のあたりで「すみません……」という声《こえ》がした。

「あ、どうぞ」

桧山《ひやま》はいち早《はや》くその声《こえ》に気《き》がついて、落《お》ち込《こ》んでいたはずなのにパッと「銭湯《せんとう》の家《いえ》の子《こ》」の顔《かお》になって、外《そと》にいる人《ひと》に声《こえ》をかけた。

扉《とびら》からヒョッコリ顔《かお》を出《だ》したのは、幼稚園《ようちえん》に入《はい》る前《まえ》くらいの男《おとこ》の子《こ》と、お母《かあ》さん。

「あの……ちょっとどんな所《ところ》かなって思《おも》っただけなの。私《わたし》たち、ここに引《ひ》っ越《こ》してきたばかりで、こんな所《ところ》に銭湯《せんとう》があるなんて知《し》らなくて……」

お母《かあ》さんは、「お客《きゃく》さんで来《き》たわけじゃないのに、ごめんなさいね」ということを言《い》って、立《た》ち去《さ》ろうとしている。でも男《おとこ》の子《こ》は、銭湯《せんとう》に興味津々《きょうみしんしん》の様子《ようす》だ。

「いいですよ。まだ誰《だれ》もお客《きゃく》さん来《き》てないし。ゆっくり中《なか》を見《み》ていってください」

けっして愛想《あいそ》のいい言《い》い方《かた》じゃなかったけど、桧山《ひやま》の親切《しんせつ》な気持《きも》ちは充分《じゅうぶん》に伝《つた》わったらしく、「じゃあ、お言葉《ことば》に甘《あま》えて、ちょっとね」なんて言《い》いながら、ふたりは中《なか》へと入《はい》り、自由《じゆう》に見学《けんがく》し始《はじ》めた。

「これなあに？」「体重計《たいじゅうけい》よ」なんて話《はな》しているお母《かあ》さんと男《おとこ》の子《こ》。ふたりだけの世界《せかい》があるようで、桧山《ひやま》と私《わたし》は自然《しぜん》とさっきの会話《かいわ》の続《つづ》きになった。

「桧山《ひやま》、さっきの話《はなし》だけど……将来《しょうらい》の夢《ゆめ》、迷《まよ》ってるの？」

私《わたし》がそう聞《き》くと、桧山《ひやま》は少《すこ》しふてくされたような顔《かお》でうなずいた。

「昔《むかし》は、っていっても四年生《よねんせい》くらいまでは、サッカー選手《せんしゅ》のことしか考《かんが》えていなかった」

「その後《あと》、他《ほか》のことも考《かんが》えるようになったんだ」

「う……ん……」

桧山《ひやま》は、どっちつかずの返事《へんじ》をすると、まわりをぐるりと見渡《みわた》した。

私《わたし》も桧山《ひやま》の視線《しせん》の先《さき》をたどる。さっきの親子《おやこ》は脱衣所《だついじょ》の方《ほう》へでも行《い》ったのか、このスペースに姿《すがた》はなかった。掃除《そうじ》の行《ゆ》き届《とど》いた入《い》り口《ぐち》、防犯《ぼうはん》ポスターや地域《ちいき》の掲示物《けいじぶつ》が貼《は》ってある壁《かべ》、なになに組合《くみあい》の証《あかし》……。

「悔《くや》しいけど蒼井《あおい》の言《い》ってた通《とお》り。この家《いえ》……銭湯《せんとう》を続《つづ》けるってのもアリなのかなあって思《おも》うようにもなった」

「家《いえ》の人《ひと》にそう言《い》われたんだ」

「ううん、そうじゃない。近所《きんじょ》のおじいさんに『よう、跡取《あとと》り！』なんて声《こえ》をかけられることはあるけど、家《いえ》の人《ひと》たちからは、むしろ『一度《いちど》きりの人生《じんせい》、あんたの好《す》きなようにしなさい』って、昔《むかし》から言《い》われてたから」

「そうなんだ……」

「だからってわけじゃないけど、オレは小《ちい》さい頃《ころ》からサッカー選手《せんしゅ》になろうと思《おも》ってた。でも、こうして大人《おとな》に……っていうほど大人《おとな》じゃないけど、すくなくとも六年生《ろくねんせい》になって、少《すこ》しだけ大人《おとな》に近《ちか》づいてくると、地域《ちいき》のコミュニティーとかっていうの？　よく知《し》んねぇけど、家《うち》でやってることとって、ちゃんと意味《いみ》があるらしいってこともわかってきて……」

桧山《ひやま》は、何《なに》かをひとつずつ確《たし》かめるようして、考《かんが》えながら話《はな》してくれている。

「サッカー選手目指《せんしゅめざ》してがんばりたいっていう気持《きも》ちも、もちろんある。でも、銭湯《せんとう》を継《つ》ぐってことも考《かんが》えてみた方《ほう》がいいんじゃないかなって思《おも》う」

「うん、どっちもすごい。私《わたし》、両方《りょうほう》の夢《ゆめ》を応援《おうえん》してるよ」

「あ、いや、あの……実《じつ》は、それだけじゃないんだ」

「えっ……」

意外《いがい》な一言《ひとこと》に驚《おどろ》いた。

「それって、どういう……？」

「最近《さいきん》、また別《べつ》の……サッカーでも銭湯《せんとう》でもない、新《あたら》しい夢《ゆめ》ができて。でも、もちろん迷《まよ》ってもいて。こんな風《ふう》に自分《じぶん》がふらふらしているから、余計《よけい》、蒼井《あおい》には言《い》えなかった」

サッカー選手《せんしゅ》でもない、銭湯《せんとう》を継《つ》ぐことでもない、桧山《ひやま》の新《あたら》しい夢《ゆめ》ってなんだろう。

「よかったら聞《き》かせて？」

「あ、うん。でも、その夢《ゆめ》、まだ誰《だれ》にも話《はな》したことねーし、なんかまだ迷《まよ》うし」

桧山《ひやま》は照《て》れつつ、焦《あせ》りつつ、なんだかんだ言《い》いながらその夢《ゆめ》を口《くち》に出《だ》せないでいた。

――大切《たいせつ》に思《おも》っている夢《ゆめ》なんだね。

桧山《ひやま》のまっすぐな気持《きも》ちが伝《つた》わってきて、なぜだか私《わたし》はうれしくなってしまった。

「ホント、責任感《せきにんかん》も必要《ひつよう》だし、身体能力《しんたいのうりょく》もめっちゃ高《たか》くないとなれねーし、厳《きび》しい世界《せかい》だし、なれるのは、ほんのひと握《にぎ》りの人《ひと》だけだし。オレの場合《ばあい》、家《うち》が銭湯《せんとう》をやってるってことも無関係《むかんけい》じゃないような……」

桧山《ひやま》はまだ、言《い》うのをためらっている。

うーん……。

責任感《せきにんかん》も身体能力《しんたいのうりょく》も必要《ひつよう》で、厳《きび》しい世界《せかい》で、ほんのひと握《にぎ》りの人《ひと》しかなれなくて、おまけに銭湯《せんとう》をやっていることも無関係《むかんけい》じゃない仕事《しごと》って……一体《いったい》なんだろう。

8

その時《とき》、さっきの親子《おやこ》の、お母《かあ》さんだけがやってきた。

「すみません、うちの子《こ》、ここ、通《とお》ったかしら？」

「いえ、通《とお》ってませんけど……」

「あら、じゃあ、どこへ……」

お母《かあ》さんがそう言《い》いかけた途端《とたん》、
ダダ――ッ、
と、桧山《ひやま》が駆《か》け出《だ》した。浴場《よくじょう》の前《まえ》へ行《い》き、一瞬迷《いっしゅんまよ》って、まずは男湯《おとこゆ》の方《ほう》へ。

「桧山《ひやま》、どう……」

どうしたの？　と言《い》い終《お》わる前《まえ》に、私《わたし》にもわかった。

……男《おとこ》の子《こ》だ！

小《ちい》さな男《おとこ》の子《こ》が湯船《ゆぶね》に落《お》ちておぼれていないか、即《そく》、確《たし》かめに行《い》ったのだ。

すぐに桧山《ひやま》は男湯《おとこゆ》の方《ほう》から出《で》てきて、今度《こんど》は女湯《おんなゆ》へ。

その時《とき》には、私《わたし》もお母《かあ》さんも、桧山《ひやま》と一緒《いっしょ》に急《いそ》いで女湯《おんなゆ》へと向《む》かった。

女湯《おんなゆ》をのぞいて見《み》ると、そこにはトテトテと歩《ある》いている男《おとこ》の子《こ》の後《うし》ろ姿《すがた》が……。その子《こ》は今《いま》まさに湯船《ゆぶね》をのぞきこんで……、
ジャバン!!

私《わたし》たちの目《め》の前《まえ》で、男《おとこ》の子《こ》が湯船《ゆぶね》に落《お》ちた……！
キャーッ!!
お母《かあ》さんの悲鳴《ひめい》。
でも、そのすぐ後《あと》に、
ザブッ……。ザッパ――!!
気《き》がついたらもう、桧山《ひやま》が湯船《ゆぶね》に飛《と》び込《こ》んだ後《あと》で、見事《みごと》に男《おとこ》の子《こ》を引《ひ》き上《あ》げていた。
驚《おどろ》いて大泣《おおな》きする男《おとこ》の子《こ》と、桧山《ひやま》にお礼《れい》を言《い》い続《つづ》けるお母《かあ》さん。
「ありがとう、本当《ほんとう》にありがとうございます……」
お母《かあ》さんは桧山《ひやま》に何度《なんど》もお礼《れい》を言《い》い、男《おとこ》の子《こ》を連《つ》れて帰《かえ》っていった。

「ははっ、足《あし》がつくのにオレまで飛《と》び込《こ》んじまうなんて、慌《あわ》てすぎ」

濡《ぬ》れた服《ふく》を着替《きが》えてきた桧山《ひやま》は、そう言《い》いながら、まだ濡《ぬ》れている髪《かみ》の毛《け》をタオルでわしゃわしゃと拭《ふ》いていた。

……あっという間《ま》の数分間《すうふんかん》だった。

「桧山《ひやま》、すごかったね……」

口《くち》を開《ひら》いてやっと出《で》てきた言葉《ことば》は、その一言《ひとこと》。

「ホントすごかった……。よかった……」

男《おとこ》の子《こ》が助《たす》かってホッとしたことと、桧山《ひやま》の行動《こうどう》に感動《かんどう》したことと……自分《じぶん》でも上手《うま》く言《い》えないけれど、とにかく驚《おどろ》きすぎて、涙《なみだ》がじんわりと浮《う》かんできた。

「な……？　蒼井《あおい》、また泣《な》いてんのか⁉」

そんな私《わたし》を見《み》て、桧山《ひやま》は焦《あせ》っている。

「だって、なんかビックリしちゃって……」

「そっか。驚《おどろ》かせちまって、悪《わる》かったな」

「桧山《ひやま》が謝《あやま》ることじゃないよ」

私《わたし》が少《すこ》し笑《わら》うと、桧山《ひやま》も「だな」と笑《わら》った。

「……桧山《ひやま》があの子《こ》を助《たす》けてくれて、うれしかった」

「うち、この通《とお》り銭湯《せんとう》だろ？　水《みず》の事故《じこ》には敏感《びんかん》なんだよ。ほんの数《すう》センチの水《みず》でも、小《ちい》さい子《こ》にとっては命取《いのちと》りになるとか、そーゆーこと昔《むかし》から聞《き》かされてるし」

「そうだったんだ」

お家《うち》が銭湯《せんとう》をやっていて、それで……。

あれ……。

私《わたし》の頭《あたま》に、あるひとつの考《かんが》えが浮《う》かんだ。

……もしかして。

「桧山《ひやま》のもうひとつの夢《ゆめ》って、水《みず》の事故《じこ》に関係《かんけい》するような……人命救助《じんめいきゅうじょ》に関《かか》わるような
……そういう夢《ゆめ》？」

桧山《ひやま》は「あ」と言《い》って、一瞬《いっしゅん》私《わたし》から目《め》をそらせたけれど、何《なに》かを決意《けつい》したようにひとり
でうなずくと、私《わたし》の顔《かお》をまっすぐに見《み》つめ、そして言《い》った。

「そう。海《うみ》での救助活動《きゅうじょかつどう》を行《おこな》う人《ひと》。正確《せいかく》に言《い》うと、海上保安官《かいじょうほあんかん》。映画《えいが》やドラマにもなった
ことがある、あの仕事《しごと》」

まだ完全《かんぜん》には乾《かわ》いていない髪《かみ》のまま、私《わたし》を見《み》る桧山《ひやま》。

その目《め》が、一瞬大人《いっしゅんおとな》になって、海上保安官《かいじょうほあんかん》になった時《とき》の桧山《ひやま》の顔《かお》に見《み》えた。

――桧山《ひやま》……！

「すごい夢《ゆめ》だね……！」

「夢《ゆめ》、だけどな」

「どうして、そう思《おも》うようになったの？」

「それは……」

桧山《ひやま》は頭《あたま》をポリポリとかいて、下《した》を向《む》いてしまった。

「ま……、が、できて」

「え？」

桧山《ひやま》の声《こえ》が小《ちい》さくて聞《き》こえない。

「ま……、守《まも》りたいって思《おも》う人《ひと》ができて。どうやったら守《まも》れるかって考《かんが》えているうちに、強《つよ》くて、人《ひと》を守《まも》る仕事《しごと》に興味《きょうみ》を持《も》つようになって」

桧山《ひやま》が守《まも》りたいと思《おも》う人《ひと》、って……。

……………。

家《いえ》の人《ひと》かもしれないし、あ、ほら、桧山《ひやま》のおばあちゃんのことかもしれないし。

そう思《おも》ってるのに、もしかして、超《ちょう》もしかしてだけど、

——それって、私《わたし》のこと……？

うぬぼれちゃダメだって思《おも》うのに、そう思《おも》えば思《おも》うほど、顔《かお》が赤《あか》くなってしまいそう……。

それをごまかすために、私《わたし》は下《した》を向《む》いて「へ、へえ、そうなんだ」とだけ言《い》った。

「うん。でも、人《ひと》を守《まも》る仕事《しごと》って、当然《とうぜん》だけど、なるまでも、なってからも大変《たいへん》で。そんなこと本当《ほんとう》に自分《じぶん》にできるのかなって思《おも》ったから、今《いま》まで誰《だれ》にも言《い》わないできたけど。でも、がんばりたいんだ。だって、そいつ……」

桧山《ひやま》の言葉《ことば》に力《ちから》が入《はい》った。

「自分《じぶん》のことを後回《あとまわ》しにしてでも、困《こま》っている人《ひと》、つらい思《おも》いをしている人《ひと》を助《たす》けたいって、そう思《おも》っちゃうようなヤツだから」

「……うん。私《わたし》、そんなに立派《りっぱ》な人《ひと》じゃないけど、できれば、そう思《おも》う人《ひと》になりたいって思《おも》ってるよ」

──しまった!!!

桧山《ひやま》は別《べつ》に、私《わたし》のことだなんて言《い》ってないのに。

顔《かお》が熱《あつ》い。もう隠《かく》しきれない。私《わたし》の顔《かお》は真《ま》っ赤《か》になってるはずだ。

「って誰《だれ》のことかわかんないけど、その人《ひと》だったら言《い》うんじゃないかなって想像《そうぞう》したらそんな気《き》がしたりもして、でもやっぱり誰《だれ》のことかわかんないから、違《ちが》うかもしれないけど」

……ああ、もう、自分《じぶん》で言《い》っててわけがわからない。桧山《ひやま》に、うぬぼれたヤツだと思《おも》われる、恥《は》ずかしい……。

——だけど桧山《ひやま》は。

「……だよな」

それだけ言《い》うと、顔《かお》を赤《あか》くして黙《だま》ってしまった……。


その時《とき》、ガラッと扉《とびら》が開《あ》いた。

「お湯《ゆ》、もらいにきたぞー」

そう言《い》って、常連《じょうれん》らしいおじいさんが大股《おおまた》で入《はい》ってきた。

「……っらっしゃいませ——っっっ!!!」

桧山《ひやま》は恥《は》ずかしさを吹《ふ》き飛《と》ばすように、渾身《こんしん》の力《ちから》をこめてそう叫《さけ》んだ。

「おー、元気《げんき》いいな、跡取《あとと》り息子《むすこ》ーっ」

「いやあ、わかんないッスよ。継《つ》ぐかもしれないし、継《つ》がないかもしれないし」

「そうなのか？　継《つ》がなかったら、何《なに》になるんだ？」

「サッカー選手《せんしゅ》とか、他《ほか》にもいろいろ」

「おお、いいなあ、サッカー選手《せんしゅ》。うん、いい、いい」

おじいさんはそう言《い》いながら、桧山《ひやま》の頭《あたま》をぐりぐりと強《つよ》くなでた。

「イテテ……」

「わっはっは。いっぱい夢見《ゆめみ》ろよぉー」

おじいさんはそう言《い》って、笑《わら》っている。


サッカー選手《せんしゅ》の桧山《ひやま》。

銭湯《せんとう》の経営者《けいえいしゃ》になっている桧山《ひやま》。

海上保安官《かいじょうほあんかん》の桧山《ひやま》。

どの桧山《ひやま》もきっと……大人《おとな》にはなっているけど、きっと……、

――きっといつでも、私《わたし》の大好《だいす》きな桧山《ひやま》だ。

その時《とき》、私《わたし》は、学校《がっこう》の先生《せんせい》か看護師《かんごし》になっていたいな……。


ガラス越《ご》しに入《はい》ってきた西日《にしび》が、桧山《ひやま》の顔《かお》をまぶしく照《て》らしていた……。

委《い》員《いん》長《ちょう》の作《さく》文《ぶん》

ぼくは一年生《いちねんせい》の時《とき》から眼鏡《めがね》をかけていました。それで、ひと目《め》で「まじめな子《こ》」と思《おも》われてしまうみたいでした。

実際《じっさい》、ぼくはとてもまじめでした。

まじめといってもいろいろありますが「規則《きそく》を守《まも》る」、「ふざけない」、「怒《おこ》られるようなことはしない」というようなところで、まじめと言《い》われていました。

（クラスで一番勉強《いちばんべんきょう》ができるとか、体育《たいいく》の時間《じかん》にチームを引《ひ》っ張《ぱ》るとか、そういうことではありませんでした）

もう何回《なんかい》も委員長《いいんちょう》をやったし、委員長《いいんちょう》をやってない時《とき》も、みんながぼくのことを「委員《いいん》長《ちょう》」と呼《よ》ぶので、いつのまにか、それがぼくのあだ名《な》になりました。

四年生《よねんせい》の時《とき》のぼくの将来《しょうらい》の夢《ゆめ》は、アナウンサーでした。まじめに見《み》えるぼくにピッタリだと思《おも》ったからです。

ぼくは一生《いっしょう》、こういう感じなんだと思《おも》いました。それでいいと思《おも》っていました。

ところが、そんなぼくに、びっくりするようなことが待《ま》っていました。

五年生《ごねんせい》になった時《とき》、ぼくの人生《じんせい》を百八十度《ひゃくはちじゅうど》変《か》えてしまうような子《こ》と同《おな》じクラスになったのです。

その子《こ》の名前《なまえ》は、エイコー（あだ名《な》です）。

規則《きそく》を守《まも》らなくて、ふざけていて、怒《おこ》られるようなことばかりしている子《こ》でした。

ぼくとは正反対《せいはんたい》だから、同《おな》じクラスになったけど、仲良《なかよ》くはならないだろうなーと思《おも》っていました。ああいう目立《めだ》つタイプの子《こ》は、ぼくに話《はな》しかけてきたりはしないとわかっていたからです。

エイコーは、確《たし》かにぼくとは正反対《せいはんたい》でしたが、見《み》ているだけで楽《たの》しくなる男子《だんし》でした。明《あか》るくて楽《たの》しくて。クラスのスターみたいな男子《だんし》でも、こわい女子《じょし》の軍団《ぐんだん》でも、全然《ぜんぜん》へっちゃらで。その上《うえ》、抜群《ばつぐん》のアイディアマン（人《ひと》をネタにすることに関《かん》して）でした。

そんなふうに、ぼくがただエイコーを見《み》ているだけだった、ある日《ひ》のこと。

ある男子《だんし》（山本《やまもと》くん）が、ある女子《じょし》（蒼井《あおい》さん）のことを怒《おこ》らせてしまいました。実《じつ》は、その男子《だんし》は、その女子《じょし》のことを三年間《さんねんかん》も好《す》きだったのです。つまり、失恋《しつれん》したのです。

エイコーは、すぐに「張《は》り紙《がみ》しよう！」と言《い》いました。

ぼくは、とっさに紙《かみ》とペンの用意《ようい》をしました。そして、言《い》われる前《まえ》に『終止符《しゅうしふ》！　山本《やまもと》、三年越《さんねんご》しの片思《かたおも》い』と書《か》いて、エイコーに渡《わた》しました。

すると、エイコーは言《い》いました。

「お前《まえ》、気《き》がきくな。名前《なまえ》は？」

この時《とき》ほど、うれしかったことはありません。

エイコーは、ぼくのことを「気《き》がきく」とほめてくれたのです。

そして、まじめで目立《めだ》たない、ぼくの名前《なまえ》を聞《き》いてきたのです。

このしゅんかんに、ぼくは「この人《ひと》といっしょなら、ぼく、いけるかもしれない」と直《ちょっ》感《かん》しました。

だから、ぼくはむちゃくちゃカッコつけて言《い》ったのです。「委員長《いいんちょう》と呼《よ》んでくれ」と。

それからずっと、ぼくとエイコーはいっしょです。

スターみたいな男子《だんし》たちも、こわい女子《じょし》の軍団《ぐんだん》も、エイコーといっしょならこわくありません。それどころか、ぼくはいつのまにか、怒《おこ》られても平気《へいき》になっていました。

ぼくの人生《じんせい》は百八十度《ひゃくはちじゅうど》、変《か》わりました。


前置《まえお》きが長《なが》くなりましたが、この話《はなし》を聞《き》いてもらって、やっと、ぼくの将来《しょうらい》の夢《ゆめ》の話《はなし》をすることができます。

でも、その前《まえ》に、もう少《すこ》しエイコーの話《はなし》をします。エイコーの夢《ゆめ》の話《はなし》です。

エイコーは、幼稚園《ようちえん》の時《とき》、虎象戦隊《こぞうせんたい》スイハンジャー（自分《じぶん》で考《かんが》えた戦隊《せんたい》ヒーローだそうです）になりたいと言《い》っていたそうです。でも、それにあきると、今度《こんど》は、アイドルを目《め》指《ざ》し始《はじ》めたそうです。でも、それは昔《むかし》の話《はなし》。エイコーはぼくに、今《いま》の夢《ゆめ》を教《おし》えてくれました。

「オレくらいになると、アイドルはいつでもなれるから。それよりも自分《じぶん》の才能《さいのう》を生《い》かして、今《いま》は、お笑《わら》い芸人《げいにん》目指《めざ》しとくわ」

エイコーは、そう言《い》って笑《わら》っていました。

それを聞《き》いて、ぼくは、自分《じぶん》の夢《ゆめ》を決《き》めました。

ぼくは、お笑《わら》い芸人《げいにん》のマネージャーになろう、と。

スケジュールの管理《かんり》や、現場《げんば》での細《こま》かい手配《てはい》。ぼくにピッタリだと思《おも》いませんか？

過去《かこ》、現在《げんざい》、未来《みらい》

——占《うらな》い師《し》・まりん——

1

『将来《しょうらい》の夢《ゆめ》』……だーって。

いかにも小学生《しょうがくせい》の作文《さくぶん》――って感《かん》じ（まっ、小学生《しょうがくせい》なわけだけど）。

注意事項《ちゅういじこう》『※タイトルは、自分《じぶん》で考《かんが》えてください。』……か。

じゃ、カッコよく、アメリカンな感《かん》じで、

「ゲッチュア・ドリーム！」（「夢《ゆめ》をつかめ！」って意味《いみ》だったと思《おも》う）とか。

本《ほん》のタイトルみたいに、

「夢《ゆめ》をつかむ、その日《ひ》まで――まりん」。

それとも、インパクトをねらって一言《ひとこと》、

「ショーライ!!」。

……なーんてね。

小倉《おぐら》まりん、十二歳《じゅうにさい》。

作文《さくぶん》なんて好《す》きじゃないけど、『将来《しょうらい》の夢《ゆめ》』ってタイトルに、実《じつ》はちょっとワクワクもしています。

私《わたし》の夢《ゆめ》は、もう決《き》まってる。

まずは一行《いちぎょう》、書《か》いてみた。

『私《わたし》の将来《しょうらい》の夢《ゆめ》。それは――』。

……うん、なかなかいい感《かん》じ。


先生《せんせい》がいない日《ひ》の作文《さくぶん》の課題《かだい》。代《か》わりの先生《せんせい》も教室《きょうしつ》を出《で》ていき、今《いま》や六年二組《ろくねんにくみ》は無法地帯《むほうちたい》。みんな好《す》き勝手《かって》に移動《いどう》している。

……私《わたし》も、結衣《ゆい》ちゃんの所《ところ》へ行《い》ってみることにした。

「結《ゆ》～衣《い》ちゃん」

そこへ、花日《はなび》もパタパタと走《はし》ってやってきた。

「結衣《ゆい》ちゃーん、まりんちゃーん。作文《さくぶん》どうしよう。ふたりとも、なんて書《か》く？」

私《わたし》は、もしかしたら、この一言《ひとこと》を待《ま》っていたのかもしれない。夢《ゆめ》の話《はなし》をするなら、まずはこのふたりとしたかったから。

「私《わたし》は決《き》まってるよ。一行目《いちぎょうめ》は、もう書《か》いちゃった」

私《わたし》はエヘン！　と、わざと咳払《せきばら》いをした。

「『私《わたし》の将来《しょうらい》の夢《ゆめ》。それはメーキャップアーティストです！』」

「えーっ、初耳《はつみみ》！」

ふたりとも驚《おどろ》いている。

無理《むり》もないか……。一年生《いちねんせい》の頃《ころ》の私《わたし》は「大《おお》きくなったらATB《エーティービー》に入《はい》る〜」なんて言《い》って、ダンスのフリを覚《おぼ》えるような子《こ》だったから（結衣《ゆい》ちゃんとは一年生《いちねんせい》の時《とき》から同《おな》じクラスだったから、もしかしたら覚《おぼ》えているかも）。

「いつからそう思《おも》ってたの？」

「お姉《ねえ》のメークを見《み》てて、いいなー、楽《たの》しそうだなーって思《おも》い始《はじ》めてから、かな」

私《わたし》は、もうメーキャップアーティストになった気分《きぶん》で、メーク用《よう》の筆《ふで》を動《うご》かす動作《どうさ》をしながらそう言《い》った。

……そう。お姉《ねえ》の影響《えいきょう》はあるな、と自分《じぶん》でも思《おも》う。

でも、本当《ほんとう》はそれだけじゃなくて……。

結衣《ゆい》ちゃんとは一年生《いちねんせい》の時《とき》からクラスが一緒《いっしょ》で。そして五年生《ごねんせい》の時《とき》、花日《はなび》とも同《おな》じクラスになって。三人《さんにん》で一緒《いっしょ》にいることが多《おお》くなって、どんどん仲良《なかよ》くなっていって……。そして『サロン・ド・まりん』をオープンさせて（……なーんて。ただ私《わたし》の部屋《へや》にお姉《ねえ》から借《か》りたメーク道具一式《どうぐいっしき》をそろえて、私《わたし》が結衣《ゆい》ちゃんと花日《はなび》にナチュラルメークやらヘアアレンジやらをしただけなんだけど）。

——うれしかった。

自分《じぶん》の手《て》で、ふたりがどんどんキレイになっていって。そして、鏡《かがみ》を見《み》て驚《おどろ》いたり、喜《よろこ》んだりしてくれている、ということが。

だけど『きっかけは、結衣《ゆい》ちゃんと花日《はなび》』とは、なぜか照《て》れくさくて言《い》えない。

大人《おとな》になってメーキャップアーティストになって、女優《じょゆう》さんやモデルさんのメークをするようになって、インタビューを受《う》けるようになったら……その時《とき》、言《い》おうかな。

「今《いま》の仕事《しごと》をしたいと思《おも》ったのは、十二歳《じゅうにさい》の時《とき》。大好《だいす》きな友《とも》だちにメークをしてあげたら、とても喜《よろこ》んでくれたからです」……って。

「素敵《すてき》！　まりんちゃんにピッタリ！　がんばってね!!」

私《わたし》のこんな気持《きも》ちはきっと知《し》らないと思《おも》うけど、花日《はなび》がハイテンションでそう言《い》ってくれた。

「係《かかり》からの連絡《れんらく》、何《なに》かあるかー？　ないなら、これで終《お》わり。気《き》をつけて帰《かえ》れよー」

担任《たんにん》の先生《せんせい》がいない日《ひ》の帰《かえ》りの会《かい》は、いつもよりずっと早《はや》く終《お》わった。なんとなく物足《ものた》りない気分《きぶん》なのか、女《おんな》の子《こ》たちはそのまま教室《きょうしつ》に残《のこ》っておしゃべりを続《つづ》けている。

「ねえ、まりんちゃんの将来《しょうらい》の夢《ゆめ》は？」

数人《すうにん》でしゃべっていた子《こ》のひとりが、ふいに私《わたし》にそう聞《き》いてきた。

「私《わたし》？　……メーキャップアーティスト！」

「あってる～！」

そこにいた女《おんな》の子《こ》たちは、わ～っと盛《も》り上《あ》がった。

うん、いいね、やってもらいたーい……と、ひとしきり盛《も》り上《あ》がった後《あと》、ある女《おんな》の子《こ》が「でもさ」と考《かんが》えながら言《い》った。

「それとは別《べつ》に……もうひとつ、まりんちゃんに向《む》いてるんじゃないかな～って思《おも》うものがあるんだけど」

なになに？　と、みんなの期待《きたい》が高《たか》まる。もちろん、私《わたし》も気《き》になる。

「まりんちゃん、占《うらな》い師《し》は？」

「占《うらな》い……？」

……そんなこと、考《かんが》えたこともなかった。

「ホントだ、それ、いい〜！」

「占《うらな》ってほしい〜！」

まわりのみんなは勝手《かって》に盛《も》り上《あ》がっている。

占《うらな》い、かあ。お姉《ねえ》に教《おし》えてもらったこともあったっけ。

でも……。

「私《わたし》、本《ほん》を見《み》ながら何回《なんかい》かやったことがあるくらいで、占《うらな》いなんて知《し》らないよ？」

「それでもいい！　まりんちゃんが占《うらな》いやったら、当《あ》たりそうだもん！」

「ねえ、明日《あした》やってみて！」

期待《きたい》に満《み》ちた目《め》……。しょうがないなあ。

ま、私《わたし》も、興味《きょうみ》がないわけじゃないし。

「わかった。じゃあ明日《あした》ね」

みんなとそう約束《やくそく》してから、私《わたし》はやっと帰《かえ》り支度《じたく》をすませ、なぜか黒板《こくばん》と向《む》き合《あ》っている結衣《ゆい》ちゃんを迎《むか》えに行《い》った。

2

次《つぎ》の日《ひ》の昼休《ひるやす》み。

「こっち、こっちー」

数人《すうにん》の女子《じょし》に手《て》を引《ひ》かれて、向《む》かい合《あ》わせに並《なら》べられた机《つくえ》に連《つ》れていかれて、あれよあれよという間《ま》に、その片側《かたがわ》に座《すわ》らされる。

「ここが『まりんの占《うらな》いの館《やかた》』でーす！」

……いつのまに、そんな名前《なまえ》が!?

みんなはすでに、キャッキャと大盛《おおも》り上《あ》がり。

「まりんちゃん、用意《ようい》してきてくれたんでしょ？」

「うーん、まあね」

「何占《なにうらな》い？」

「私《わたし》も、何《なに》がいいかなって思《おも》ったんだけど……、これ」

私《わたし》は机《つくえ》の上《うえ》に、ある物《もの》をそっと置《お》いた。

「何《なに》これ？　トランプじゃないし……」

「わかった、タロットだ！」

タロットを知《し》っている子《こ》も知《し》らない子《こ》も、わあ～と華《はな》やかな声《こえ》をあげた。

タロットっていうのは、西洋《せいよう》の神秘的《しんぴてき》な占《うらな》いのひとつ。カード一枚一枚《いちまいいちまい》の絵《え》に意味《いみ》があって、そこからカードが示《しめ》す内容《ないよう》を読《よ》み解《と》いていく。そういう占《うらな》いだった。

「お姉《ねえ》に借《か》りてきちゃった。お姉《ねえ》、ハマってた時期《じき》があったから」

「今《いま》はやってないの？」

「うん。今《いま》は手相《てそう》。好《す》きな男《おとこ》の子《こ》の手《て》を握《にぎ》れるから、手相《てそう》がいいんだって」

「……。さすが肉食系《にくしょくけい》のお姉《ねえ》さんだね」

「とにかく、早《はや》く占《うらな》って！」

みんなの興奮《こうふん》したような顔《かお》に、私《わたし》はちょっと怖気《おじけ》づく。

「私《わたし》、本当《ほんとう》に二《に》、三回《さんかい》しかやったことないよ？　本《ほん》を見《み》ながら、このカードの意味《いみ》は……なんて調子《ちょうし》だよ？　それでもいいの？」

「いいの、いいの。まりんちゃんだから、やってほしいの！」

ここまで言《い》われたら、やるしかないよね？

「わかった。じゃあ、誰《だれ》から占《うらな》う？」

私《わたし》！　じゃ私《わたし》は二番目《にばんめ》。ずるいよ。じゃんけん、しようよ～。

みんなは楽《たの》しそうに、順番《じゅんばん》を決《き》め始《はじ》めた。


「じゃあ、いくよ」

神妙《しんみょう》な顔《かお》つきで目《め》の前《まえ》に座《すわ》っている女《おんな》の子《こ》と、そのまわりをぐるりと囲《かこ》む数人《すうにん》の女子《じょし》。

すでにカードは切《き》り終《お》わっている。

占《うらな》うのは『隣《となり》のクラスの皆見《みなみ》くんと、仲良《なかよ》くなれるか？』。

まず初《はじ》めは、恋占《こいうらな》い。……上手《うま》くいくかな？

タロットの占《うらな》い方《かた》はいろいろあるみたいだけど、私《わたし》はそれほど難《むずか》しくないやり方《かた》を選《えら》んだ。三枚《さんまい》のカードから、過去《かこ》・現在《げんざい》・未来《みらい》を読《よ》み解《と》くやり方《かた》だ。

「じゃあ、まずは過去《かこ》を表《あらわ》すカードね」

一枚《いちまい》のカードをゆっくりめくると、『正義《せいぎ》』のカードが現《あらわ》れた。

「うーんと、これは、どういう意味《いみ》かっていうと……」

本《ほん》をパラパラとめくって探《さが》す。正義《せいぎ》、正義《せいぎ》……っと。

「あった。『正義《せいぎ》』は調和《ちょうわ》とか、善意《ぜんい》とか……つまり今《いま》までの関係《かんけい》は、同《おな》じ学年《がくねん》のひとりとして、ケンカすることもなく、正《ただ》しくフツーにすごしてきたんじゃない？」

目《め》の前《まえ》の子《こ》は、うんうん、とうなずいた。

「じゃあ、次《つぎ》は現在《げんざい》」

そう言《い》って、もう一枚《いちまい》をめくる。今度《こんど》は『女教皇《おんなきょうこう》』。本《ほん》をパラパラとめくる。

「これは……知性《ちせい》や客観性《きゃっかんせい》や洞察力《どうさつりょく》、あと純粋《じゅんすい》とか清純《せいじゅん》、なんて意味《いみ》がある。今《いま》は純粋《じゅんすい》な気持《きも》ちで、静《しず》かに皆見《みなみ》くんのことを見《み》つめているんだね。ふたりの関係《かんけい》は、穏《おだ》やかで、すごく落《お》ち着《つ》いてるって感《かん》じ」

「うん、そうかも。当《あ》たってる」

「で……、最後《さいご》は未来《みらい》」

そう言《い》って、最後《さいご》のカードをめくる。

目《め》の前《まえ》の子《こ》は「心臓《しんぞう》バクバクする〜」と祈《いの》るように手《て》を組《く》んだ。

「これは『星《ほし》』……。うん、いい感《かん》じ！　希望《きぼう》とか、願《ねが》いが叶《かな》うとか。なんていうか『星《ほし》』がキラッと光《ひか》るイメージ？　近《ちか》いうちに、いいことありそう！」

それを聞《き》いたまわりの女《おんな》の子《こ》たちから、うわぁ〜と歓声《かんせい》があがった。

「えーっと、つまり。今《いま》まではフツーの関係《かんけい》だったけど、今《いま》は落《お》ち着《つ》いた、純粋《じゅんすい》な気持《きも》ちで相手《あいて》のことを思《おも》っている。その気持《きも》ちが届《とど》くように、近《ちか》いうちに、何《なに》かいいことがあるんじゃないかなあ……って、こんな感《かん》じかな？」

「……ホント？」

「当《あ》たるかどうかはわかんないけど……。うん、でもきっと、いいことあるよ！」

「ありがとう、まりんちゃん！」

やったじゃん！　いいな〜！

みんなのうらやましそうな声《こえ》が、その子《こ》を包《つつ》んだ。

「次《つぎ》、私《わたし》！」

席《せき》が空《あ》くと、すぐに別《べつ》の子《こ》がまた席《せき》についた。

その子《こ》が占《うらな》いたい内容《ないよう》は『三日前《みっかまえ》、お姉《ねえ》ちゃんの大切《たいせつ》なヘアアクセを壊《こわ》してしまった。怒《おこ》られるので、それを言《い》えずにいる。どうしたらいいか』。

うん、お姉《ねえ》と仲《なか》が悪《わる》くなると、妹《いもうと》としてはヘコむよね。わかる、わかる。

そんなことを思《おも》いながら、本人《ほんにん》にカードをまぜてもらって……。

「じゃあいくよ。一枚目《いちまいめ》、過去《かこ》を表《あらわ》すカードは……『恋人《こいびと》』。

『恋人《こいびと》』のカードは、愛《あい》とか調和《ちょうわ》とか、仲良《なかよ》くやってきた、そんなイメージ。

それを伝《つた》えると、その子《こ》はシュンとしてしまった。

「うん、そうなの。お姉《ねえ》ちゃんとは、今《いま》まで仲良《なかよ》くやってきて……」

悩《なや》みを抱《かか》える前《まえ》までのことを思《おも》い出《だ》してしまったみたい。

この占《うらな》いで、なんとか元気《げんき》を出《だ》してくれるといいな……。そう思《おも》いながら、現在《げんざい》を表《あらわ》す二枚目《にまいめ》のカードをめくった。

「現在《げんざい》は……あ……」

一瞬《いっしゅん》、言葉《ことば》につまる。

まわりで見《み》ていた子《こ》が、この絵《え》、怖《こわ》い……と、声《こえ》をもらした。

私《わたし》は急《いそ》いで、本《ほん》をめくる。

「何《なに》……？　はっきり言《い》っていいよ！」

占《うらな》われている子《こ》は、不安《ふあん》そうに私《わたし》を見《み》つめた。

「えっと、このカードは『死神《しにがみ》』……」

えー、やだ――……！

まわりから悲鳴《ひめい》があがる。

「怖《こわ》い……。どうしよう……」

その子《こ》は、もう泣《な》きそうだ。

「大丈夫《だいじょうぶ》、落《お》ち着《つ》いて」

私《わたし》は、本《ほん》に目《め》を向《む》けつつ、慌《あわ》ててそう言《い》った。

「『死神《しにがみ》』のカードは、確《たし》かに終《お》わりとか、別《わか》れとか、決着《けっちゃく》とか、そういう意味《いみ》だけど
……」

「じゃあ、私《わたし》とお姉《ねえ》ちゃんの仲《なか》も終《お》わりなの？」

「違《ちが》うの、よく見《み》て。これ、カードの位置《いち》が逆《ぎゃく》でしょう？」

「本当《ほんとう》だ……。絵《え》が逆《さか》さま……」

誰《だれ》かがそう言《い》った。

「タロットは、位置《いち》によっても意味《いみ》が変《か》わってくるの。いいカードが逆《ぎゃく》の位置《いち》なら、意味《いみ》も逆《ぎゃく》の、あまりよくない意味《いみ》。反対《はんたい》に、よくないカードが逆《ぎゃく》の位置《いち》なら、意味《いみ》もいい意味《いみ》に変《か》わることが多《おお》い。これは『死神《しにがみ》』の逆《ぎゃく》の位置《いち》。つまり意味《いみ》は……再《さい》スタートとか、新《あたら》しい展開《てんかい》とか、誕生《たんじょう》とか、だよ」

あ〜、ドキッとした……と、その子《こ》はホッとした表情《ひょうじょう》を見《み》せた。

「で、最後《さいご》は未来《みらい》のカード。これは……『女帝《じょてい》』。実《みの》りとか愛情《あいじょう》とか包容力《ほうようりょく》とか、女《おんな》の人《ひと》の幸《しあわ》せとか……。大丈夫《だいじょうぶ》、明《あか》るい未来《みらい》が待《ま》ってるみたい」

「……よ、よかった〜」

その子《こ》は胸《むね》をなでおろした。

でも……。

「あの……ね。このカードの過去《かこ》・現在《げんざい》・未来《みらい》を見《み》ると……。今《いま》まで仲良《なかよ》くやってきて、今《いま》は再《さい》スタートの時《とき》。一歩《いっぽ》を踏《ふ》み出《だ》せば、この先《さき》は今《いま》までよりもっと仲《なか》のいい姉妹《しまい》になれるよってことだと思《おも》う。で、この再《さい》スタートっていうのは、お姉《ねえ》ちゃんに正直《しょうじき》に謝《あやま》ること。これしか考《かんが》えられない」

「え……」

その子《こ》の顔《かお》がくもった。

「私《わたし》は、カードがそう伝《つた》えているとしか思《おも》えない。今《いま》のままだったら、再《さい》スタートはきれないし。壊《こわ》れたアクセのことを黙《だま》っていて毎日《まいにち》ビクビクすごすより、ここで思《おも》いきって、お姉《ねえ》ちゃんに本当《ほんとう》のことを言《い》って謝《あやま》るべき！　その時《とき》は怒《おこ》られるかもしれないけど、その後《あと》はきっとまた仲《なか》のいい姉妹《しまい》に戻《もど》って、楽《たの》しくすごせるよ……って、カードが言《い》ってくれているんだと思《おも》う」

「う……、わかった。今日《きょう》、家《いえ》に帰《かえ》ったら、勇気《ゆうき》出《だ》してがんばってみる」

そうだよ、がんばって！

私《わたし》もまわりのみんなも、そんなふうに応援《おうえん》して、そこで、その日《ひ》の昼休《ひるやす》みは終《お》わった。

3

「まりんちゃ〜ん、はーやーく！」

「ちょっと待《ま》って、私《わたし》、今日《きょう》、給食当番《きゅうしょくとうばん》で片付《かたづ》けが……」

「当番《とうばん》なら私《わたし》が代《か》わるから、まりんは占《うらな》いやって！」

そんなふうに言《い》われながら、私《わたし》は『占《うらな》いの館《やかた》』の席《せき》に座《すわ》る。

これがここ数日《すうじつ》の、私《わたし》の昼休《ひるやす》みの日課《にっか》になっていた……。


初《はじ》めてタロットをやった次《つぎ》の日《ひ》の朝《あさ》。

「まりんちゃん、聞《き》いて！」

教室《きょうしつ》に入《はい》るなり、タロットで占《うらな》ったふたりが駆《か》け寄《よ》ってきた。

「まりんちゃんの占《うらな》い、大当《おおあ》たりだったの――――！」

ふたりは先《さき》を争《あらそ》うように話《はな》し始《はじ》めた。

まずは『隣《となり》のクラスの皆見《みなみ》くんと、仲良《なかよ》くなれるか？』を占《うらな》った子《こ》。

「昨日《きのう》の帰《かえ》り、下駄箱《げたばこ》のところで、偶然皆見《ぐうぜんみなみ》くんを見《み》かけたの。それだけでも、まりんちゃんの占《うらな》い当《あ》たった！　って喜《よろこ》んでたのに……なんと『二組《にくみ》の男子《だんし》、今日《きょう》、サッカーやんねーの？』って、初《はじ》めて話《はな》しかけられたんだよ！　うれしくって、でもビックリしちゃって一瞬固《いっしゅんかた》まったら『あれ？　二組《にくみ》だったよね？』って……。もう、超《ちょう》うれしい」

その子《こ》は、何度《なんど》も何度《なんど》も「ありがとう」と言《い》ってくれた。

それから『お姉《ねえ》ちゃんとのトラブル』を占《うらな》った子《こ》。

「家《いえ》に帰《かえ》って、まりんちゃんの言《い》う通《とお》り、思《おも》いきってお姉《ねえ》ちゃんに本当《ほんとう》のことを話《はな》して謝《あやま》ったの。もちろんお姉《ねえ》ちゃんは怒《おこ》ったけど……『ここんとこ元気《げんき》がないからヘンだと思《おも》った』って言《い》ってくれて。『これからは、すぐに言《い》ってよね』って言《い》って、許《ゆる》してくれたの～。もうマジ涙目《なみだめ》だった～……。まりんちゃん、本当《ほんとう》にありがとう～～～～！」

「そんな……、私《わたし》じゃないよ、占《うらな》いだよ」

「ううん、まりんちゃんがやるから当《あ》たるんだよ」

「すごいよ、まりん～～。今日《きょう》の昼休《ひるやす》みも占《うらな》って！」


……で。

それから毎日《まいにち》、私《わたし》は昼休《ひるやす》みになると占《うらな》いをやっている。

正直《しょうじき》、昼休《ひるやす》みに毎日《まいにち》……って縛《しば》りは、どうかと思《おも》うけど。

「まりんちゃん、占《うらな》いの才能《さいのう》あるよ～！」

——占《うらな》いの才能《さいのう》がある。

こんなふうに言《い》われて、うれしくない女《おんな》の子《こ》なんていない……よね？

私《わたし》、もしかして、もしかしたら、本当《ほんとう》に才能《さいのう》があったりして⁉

将来《しょうらい》の夢《ゆめ》はメーキャップアーティストだけど、そんなに当《あ》たるのなら、占《うらな》い師《し》もいいかな……。ううん、でも、やっぱりメーキャップアーティストになりたいし。

そうだ、ふだんはメーキャップアーティスト。しかし、その裏《うら》の顔《かお》は、仮面占《かめんうらな》い師《し》！

なーんて悪《わる》くないかも。


私《わたし》の占《うらな》いは、ことごとく当《あ》たっている……らしい。

「塾《じゅく》の子《こ》が好《す》きで告白《こくはく》するかどうか迷《まよ》ってたんだけど、まりんちゃんの占《うらな》いで、『過去《かこ》』はいい感《かん》じ、でも『現在《げんざい》』は動《うご》かないで、『未来《みらい》』のことは、少《すこ》し待《ま》ってみて……って言《い》われて、その通《とお》りにしたら……そいつ、とんでもないヘタレ男《おとこ》だったんだよ！　助《たす》かったあ〜」

「図書委員会《としょいいんかい》の活動《かつどう》が上手《うま》くいかなくて、『過去《かこ》』はただノンキにやってきて、『現在《げんざい》』は真剣《しんけん》にやるようになって。で『未来《みらい》』に向《む》けて思《おも》いっきり進《すす》んでみてって言《い》われて……。委員会《いいんかい》の時《とき》、勇気《ゆうき》を出《だ》して『本《ほん》の紹介《しょうかい》コーナーを新《あたら》しくしたい』って言《い》ったら、みんなが賛成《さんせい》してくれて、私《わたし》の意見《いけん》が通《とお》ったんだよ〜！」

みんな、そんなふうに報告《ほうこく》してくれて。

最後《さいご》は必《かなら》ず、

「まりんちゃんのおかげだよ、ありがとう！」

って、笑顔《えがお》で言《い》ってくれた。

……極《きわ》めつきの出来事《できごと》は。

「まりんちゃんの占《うらな》い、当《あ》たるんだって？」

そう言《い》うなり、順番《じゅんばん》を無視《むし》してドスンと席《せき》についた女《おんな》の子《こ》がいた。……心愛《ここあ》だった。

「本当《ほんとう》に当《あ》たるかどうか、やってみせてよ。占《うらな》う内容《ないよう》は『心愛《ここあ》はいつ、高尾《たかお》くんと両思《りょうおも》いになれるのか』ってこと」

花日《はなび》がいる前《まえ》で、心愛《ここあ》は堂々《どうどう》とそう言《い》っている。

えー、そんな〜！　と必死《ひっし》になって訴《うった》えている花日《はなび》と、その花日《はなび》を守《まも》るようにして、身体《からだ》をピタッと寄《よ》せている結衣《ゆい》ちゃん。

でも心愛《ここあ》は言《い》った。

「いいじゃない。占《うらな》いなんでしょ？　両思《りょうおも》いになるのは何月何日《なんがつなんにち》か、当《あ》ててみせて」

その言《い》い方《かた》にカチンときた。

「具体的《ぐたいてき》に何月何日《なんがつなんにち》ってわかるわけじゃないよ」

「なーんだ、みんなが当《あ》たる当《あ》たるって騒《さわ》いでるから。まぁ、それでもいいわ」

「それに、まだ心愛《ここあ》と高尾《たかお》が両思《りょうおも》いになるって決《き》まったわけじゃあ……」

「いいから、やってみて。当《あ》たるんでしょう!?」

……もう!

「……いいよ。占《うらな》う」

こうなったら意地《いじ》だ。やってやろうじゃない。

みんなが見守《みまも》るなか、私《わたし》は占《うらな》いを始《はじ》めた。

「まずは一枚目《いちまいめ》、過去《かこ》を表《あらわ》すカード。これは……『戦車《せんしゃ》』」

「強《つよ》そう」

「うん、これだけだと勝利《しょうり》とか成功《せいこう》とかって意味《いみ》なんだけど、この場合《ばあい》は逆《ぎゃく》の位置《いち》だから、意味《いみ》は好戦的《こうせんてき》とか暴走《ぼうそう》とか失敗《しっぱい》を表《あらわ》してる」

「何《なに》それ!? ……ま、いいわ。過去《かこ》のことだもんね。確《たし》かに成功《せいこう》してないし。だからこうして占《うらな》ってるんだもん。問題《もんだい》は、今《いま》と未来《みらい》よね。早《はや》く、次《つぎ》を教《おし》えて」

いちいちイラつくけど、ここで興奮《こうふん》したら占《うらな》い師《し》らしくないから、ぐっとこらえる。

「次《つぎ》は現在《げんざい》。カードは……『皇帝《こうてい》』」

「すごい華《はな》やか。今度《こんど》こそ、いいカードよね」

「うん、でもまた逆《ぎゃく》の位置《いち》だから……傲慢《ごうまん》とか横暴《おうぼう》っていう意味《いみ》」

「どういうこと？」

「今《いま》の心愛《ここあ》、少《すこ》し傲慢《ごうまん》なんじゃないかなあ……」

「ちょっと、いい加減《かげん》なこと言《い》わないでよ」

「私《わたし》じゃない、カードだよ」

心愛《ここあ》の勢《いきお》いに、思《おも》わず言《い》い逃《のが》れのようなことを言《い》ってしまった。

「あーもー、全然《ぜんぜん》当《あ》たらない。まぁ、肝心《かんじん》なのは次《つぎ》。未来《みらい》を教《おし》えて。……どう？」

「未来《みらい》は……。あー……」

「何《なに》？　なんかすごいパワーがありそう……。今度《こんど》こそ当《あ》たってるカードが出《で》た？」

「これは『塔《とう》』。破滅《はめつ》とか破壊《はかい》とか、全部《ぜんぶ》ぶち壊《こわ》しになっちゃうような……そういう意味《いみ》のカード。三枚《さんまい》のカードを読《よ》み解《と》くと、心愛《ここあ》は前《まえ》から高尾《たかお》のことが好《す》きでアピールしているけれど、ちょっと突《つ》っ走《ぱし》りすぎて上手《うま》くいってなくて、今《いま》は、その気持《きも》ちがどんどん傲《ごう》慢《まん》になってきていて……それで、このままだと高尾《たかお》との未来《みらい》は、全部《ぜんぶ》ぶち壊《こわ》しになってしまいそう……」

「ひどい！」

「ごめん……。占《うらな》いでは、そう出《で》た」

あまりにも結果《けっか》が悪《わる》すぎて、いくら心愛《ここあ》でも、ちょっと気《き》の毒《どく》になってしまった（別《べつ》に私《わたし》が謝《あやま》ることじゃないんだけど）。

「まりんちゃん、そうやって意地悪《いじわる》して何《なに》が楽《たの》しいの⁉」

「意地悪《いじわる》じゃないよ、占《うらな》いだもん……。でも、これって未来《みらい》を変《か》えるチャンスでもあるんだよ」

「え……。それ、どういうことよ」

ちょっと話《はなし》に食《く》いついてきた心愛《ここあ》。

私《わたし》は、これは本当《ほんとう》に聞《き》いてほしい！　という気持《きも》ちで、心愛《ここあ》に話《はな》した。

「今《いま》、傲慢《ごうまん》って出《で》たでしょう？　それによって未来《みらい》は破滅《はめつ》に向《む》かってる。逆《ぎゃく》に言《い》えば、心愛《ここ》が、もしかしたら自分《じぶん》は傲慢《ごうまん》かも、今《いま》の自分《じぶん》をちょっと変《か》えようって努力《どりょく》をしたら、そしたら『現在《げんざい》』が変《か》わるんだから『未来《みらい》』は変《か》わる……かもしれないよ？」

「バカにしないで！」

心愛《ここあ》は机《つくえ》をドンッと叩《たた》いて席《せき》を立《た》った。

「花日《はなび》ちゃんと仲《なか》がいいからって、占《うらな》いを利用《りよう》してウソをつくとは思《おも》わなかったわ！　インチキ占《うらな》い、サイテー!!」

心愛《ここあ》は怒《おこ》って、教室《きょうしつ》を出《で》ていってしまった。

花日《はなび》と結衣《ゆい》ちゃんが、ふぅっと息《いき》をもらすと同時《どうじ》に、まわりで見守《みまも》っていた女子《じょし》たちの声《こえ》が嫌《いや》でも耳《みみ》に入《はい》った。

「まりんの占《うらな》い、ドンピシャ……」

「やっぱり、まりんちゃんの占《うらな》いはガチですごい！」

――このことで、私《わたし》の占《うらな》いは、ますます人気《にんき》が出《で》てしまった……。

「今日《きょう》の心愛《ここあ》ちゃんの占《うらな》い、ちょっと感動《かんどう》しちゃった」

昼休《ひるやす》みが終《お》わって、机《つくえ》を元《もと》の位置《いち》に戻《もど》している時《とき》、結衣《ゆい》ちゃんが、ぼそっとそう言《い》った。

ちなみに、花日《はなび》と結衣《ゆい》ちゃんのことは占《うらな》っていない。一番仲良《いちばんなかよ》しのふたりのことを占《うらな》っていないっていうのは、どうなのかなーと思《おも》って「何《なに》か占《うらな》ってほしいことある？」と聞《き》いたら、花日《はなび》には「当《あ》たりすぎてコワイから、いい」と言《い》われたし、結衣《ゆい》ちゃんには「占《うらな》ってもらう時《とき》は、よーく考《かんが》えてからにするから。今《いま》のところはいい」と言《い》われた。だから、ふたりのことは占《うらな》わないままになっている。

結衣《ゆい》ちゃんは続《つづ》けた。

「感動《かんどう》したのは、あの言葉《ことば》……。今《いま》が変《か》われば、未来《みらい》は変《か》わるって」

あらためてそう言《い》われて、私《わたし》は「そうだった？」と、少《すこ》し照《て》れてしまう。

そばでイスを整《ととの》えていた花日《はなび》も、しみじみと言《い》う。

「ホントにおもしろいよね。過去《かこ》・現在《げんざい》・未来《みらい》って」

「うーん、そんなにおもしろいかなぁ？」

私《わたし》はただ、占《うらな》いのやり方《かた》のひとつとしか思《おも》ってないけど……。

すると、花日《はなび》は言葉《ことば》を探《さが》して、つっかえながら言《い》った。

「おもしろいっていうか……不思議《ふしぎ》だなあって思《おも》ったんだ。当《あ》たり前《まえ》だけど、過去《かこ》と今《いま》って繋《つな》がってるんだね。過去《かこ》の自分《じぶん》が今《いま》の自分《じぶん》を作《つく》ってるし、今《いま》の自分《じぶん》は未来《みらい》の自分《じぶん》を作《つく》ってるんだなあ、って」

「あっ……、ホントだね」

結衣《ゆい》ちゃんも、何《なに》か気《き》づいたみたいに声《こえ》をあげた。

「未来《みらい》って、今《いま》の自分《じぶん》とかけ離《はな》れたところにあるんだと思《おも》っていたけど、全然《ぜんぜん》そんなことない……。続《つづ》いてるんだ」

……ふたりの言葉《ことば》は、衝撃的《しょうげきてき》だった。

——過去《かこ》の自分《じぶん》が今《いま》の自分《じぶん》を作《つく》ってる。今《いま》の自分《じぶん》は未来《みらい》の自分《じぶん》を作《つく》ってる。今《いま》と未来《みらい》は続《つづ》いているんだ……。

そうか。だからあの占《うらな》いは、過去《かこ》・現在《げんざい》・未来《みらい》の三枚《さんまい》のカードが必要《ひつよう》なんだ。私《わたし》が読《よ》み解《と》く時《とき》も、過去《かこ》から今《いま》、そしてそこから未来《みらい》……って、無意識《むいしき》に繋《つな》がりを持《も》たせて説明《せつめい》をしていたんだ……。

私《わたし》は思《おも》わずブルッと身震《みぶる》いした。

占《うらな》いだし。私《わたし》の力《ちから》では、どうにもならないし。

どこかでそう思《おも》っていたけど……。

過去《かこ》と現在《げんざい》と未来《みらい》の話《はなし》をしているんだ、ってことを忘《わす》れないようにしよう。

……私《わたし》は、心《こころ》に強《つよ》くそう思《おも》った。

でも——、それからすぐに『まりんの占《うらな》いの館《やかた》』は、思《おも》わぬ方向《ほうこう》に向《む》かうことになった

……。

4

「まりんちゃん、朝《あさ》もやってくれない？」

「朝《あさ》……？」

「そう。登校《とうこう》してきてから、朝《あさ》の会《かい》が始《はじ》まるまでの時間《じかん》」

『占《うらな》いの館《やかた》』を始《はじ》めてから一週間《いっしゅうかん》。その間《かん》、私《わたし》は昼休《ひるやす》みなしで、ずーっと占《うらな》いをやり続《つづ》けていた。

一回《いっかい》の昼休《ひるやす》みにつき、せいぜいふたりまでしか占《うらな》うことはできない。それでも待《ま》ってい
る人《ひと》がいるからと、準備《じゅんび》を早《はや》めにして、ひとりにかける時間《じかん》をなるべく短《みじか》くして、それで
もやっと三人《さんにん》がいいところ。なのに噂《うわさ》が噂《うわさ》を呼《よ》び、「占《うらな》って」という子《こ》は他《ほか》のクラスから
もやってくるようになってしまった。

いつのまにか予約制《よやくせい》のルールができ上《あ》がる。三人待《さんにんま》ち、五人待《ごにんま》ち、と待《ま》ち人数《にんずう》はどんど
ん増《ふ》えていった。初《はじ》めて占《うらな》う人《ひと》はもちろん、一度占《いちどうらな》った人《ひと》が「もう一度《いちど》、別《べつ》のことを占《うらな》っ
てほしい」と、また予約《よやく》を入《い》れる。いつになっても『占《うらな》いの館《やかた》』は、お客《きゃく》さん（お金《かね》をと
っているわけじゃないけど）が途切《とぎ》れることはなかった。

「まりん、ここのところ毎日占《まいにちうらな》ってて、つらくない？」

結衣《ゆい》ちゃんが心配《しんぱい》して、私《わたし》にそう声《こえ》をかけてくれたけど、

「まあ、大丈夫《だいじょうぶ》」

と、笑《わら》ってごまかした。

待《ま》っている人《ひと》がいるのに「今日《きょう》は休《やす》みたい」とは言《い》えなかったから。

「朝《あさ》もやってよ」と言《い》われたのは、そんな矢先《やさき》だった。

急《いそ》いでほしい特別《とくべつ》な理由《りゆう》があると言《い》われて、聞《き》いてみると――、

好《す》きな男《おとこ》の子《こ》のことを占《うらな》ってもらおうと思《おも》って待《ま》っている間《あいだ》に、その子《こ》は別《べつ》の女《おんな》の子《こ》といい雰囲気《ふんいき》に。早《はや》くしないと、占《うらな》ってもらう前《まえ》に、好《す》きな子《こ》を他《ほか》の女《おんな》の子《こ》に取《と》られちゃう……と。

「だから、どうしても早《はや》く占《うらな》ってほしいの。毎朝《まいあさ》じゃなくてもいいから、ね？　お願《ねが》い！」

……で。

結局《けっきょく》、朝《あさ》も毎日《まいにち》『占《うらな》いの館《やかた》』を開《ひら》くことになってしまった。

ちなみに——。

「ジャーン！　エイコーの葉《は》っぱ占《うらな》い〜。迷《まよ》える子羊《こひつじ》ちゃんたち『エイコーの占《うらな》いのお城《しろ》』へキャモーン！」

エイコーも教室内《きょうしつない》で占《うらな》いを始《はじ》める気《き》になったらしい。エイコーがお城《しろ》の占《うらな》い王子《おうじ》で、委《い》員長《いんちょう》がその執事《しつじ》、という設定《せってい》だそうだ。

本当《ほんとう》は「花占《はなうらな》い」をやりたかったけど、あいにく、なかなか花《はな》が見《み》つからないので、葉《は》っぱにしたんだとか。どう占《うらな》うのかさっぱりわからないけど（当然《とうぜん》ながら、女子《じょし》が寄《よ》りつくことはなかった）。

朝《あさ》も昼《ひる》も、占《うらな》って、占《うらな》って、占《うらな》って。

タロットカードをめくって、過去《かこ》・現在《げんざい》・未来《みらい》を読《よ》み解《と》いて……。


「ねぇ、まりんちゃん。放課後《ほうかご》はやらないの？」

昼休《ひるやす》みが終《お》わった頃《ころ》、ある女《おんな》の子《こ》たちにとうとうそう言《い》われてしまった。

「放課後《ほうかご》はダメ！　まりん、毎日疲《まいにちつか》れてるんだよ」

私《わたし》ではなく、横《よこ》にいた結衣《ゆい》ちゃんが思《おも》わずそう断《ことわ》ると、その子《こ》たちは離《はな》れていった。

「占《うらな》いなんて、座《すわ》ってるだけなのにねぇ」

「結衣《ゆい》ちゃんはすぐ、余計《よけい》なおせっかいで口出《くちだ》してくるんだから」

聞《き》こえてるのがわからないのか、それとも聞《き》こえるようにわざと言《い》っているのか、さっきの子《こ》たちの声《こえ》が聞《き》こえてくる。

「ちょっ……、まりんちゃんにも結衣《ゆい》ちゃんにも、謝《あやま》って！」

花日《はなび》が思《おも》わず飛《と》び出《だ》していこうとしたけれど、私《わたし》と結衣《ゆい》ちゃんとで押《お》さえた。

「花日《はなび》、ありがと。でも、私《わたし》の占《うらな》いのことはいいから」

「私《わたし》もいい。まりんに占《うらな》ってもらうのに、あんなこと言《い》う人《ひと》たちなんて、ほっておこう」

花日《はなび》はまだ納得《なっとく》いかない、という顔《かお》でぶつぶつ言《い》った。

「まりんちゃんの苦労《くろう》も、結衣《ゆい》ちゃんの思《おも》いやりもわからないまま、占《うらな》いだけはしてもらおうとするなんて」

すると……、

「本当《ほんとう》にそうだよね。まりんちゃん、毎日大変《まいにちたいへん》な思《おも》いをしてるのに」

そう言《い》って声《こえ》をかけてきた子《こ》たちがいた。……隣《となり》のクラスの女《おんな》の子《こ》ふたり組《ぐみ》。昼休《ひるやす》みが終《お》わって、移動教室《いどうきょうしつ》の合間《あいま》に、うちのクラスに顔《かお》を出《だ》したらしい。

「でしょー！　頭《あたま》にくるよねっ」

花日《はなび》がそう言《い》うと、そのふたりは顔《かお》を見合《みあ》わせた。

「でも、実《じつ》はそういう私《わたし》たちも、まりんちゃんにお願《ねが》いがあって……。私《わたし》たち、本当《ほんとう》に真剣《しんけん》な気持《きも》ちで、まりんちゃんに占《うらな》ってほしいの」

「今日《きょう》の放課後《ほうかご》ちょっとだけでも、私《わたし》たちの話《はなし》を聞《き》いてもらえないかな」

五時間目《ごじかんめ》がもうすぐ始《はじ》まる今《いま》、ゆっくり話《はなし》を聞《き》いている時間《じかん》はない。なによりもこのふたり、ものすごく思《おも》いつめた顔《かお》をしている……。

「……わかった。今日《きょう》の放課後《ほうかご》、誰《だれ》にも内緒《ないしょ》で。その時《とき》、ゆっくり話《はなし》を聞《き》くから」

「ありがとう、まりんちゃん！」

ふたりはそう言《い》うと、急《いそ》いでうちのクラスを出《で》ていった。

「よかったの？」

結衣《ゆい》ちゃんも花日《はなび》も、私《わたし》のことを気《き》にしてくれている。

「あの顔《かお》を見《み》てたら、ほっておけなくなっちゃって」

私《わたし》は苦笑《くしょう》しながら、そうこたえた。

だって、あのふたり、まるで「人生《じんせい》の一大決心《いちだいけっしん》」って感《かん》じだったから。

……ふたりの決心《けっしん》。それは、私《わたし》が考《かんが》えてもみないことだった——。

「内緒《ないしょ》でこんなことしてくれて、ありがとう」

放課後《ほうかご》、誰《だれ》もいなくなった隣《となり》のクラスで（うちのクラスで誰《だれ》かに見《み》つかったら問題《もんだい》になりそうだし）、いつも占《うらな》いをする時《とき》のように、机《つくえ》をふたつ並《なら》べていた。

ふたりの女《おんな》の子《こ》は、私《わたし》の向《む》かい側《がわ》に座《すわ》り、結衣《ゆい》ちゃんと花日《はなび》は、そのまわりに立《た》っていた。

「なんか深刻《しんこく》そうな顔《かお》してたから、気《き》になって。……で、どうしたの？」

「うん……。一言《ひとこと》でいえば、占《うらな》いをしてほしいってことなんだけど」

「私《わたし》たち、みんなみたいに『当《あ》たってる〜』なんて、その場《ば》で一喜一憂《いっきいちゆう》するだけの、いい加減《かげん》な気持《きも》ちで占《うらな》ってもらおうと思《おも》っているわけじゃない。……本気《ほんき》なの」

「占《うらな》いの順番《じゅんばん》を待《ま》っているうちに、私《わたし》たち、同《おな》じように考《かんが》えていることがわかって、それで……思《おも》いきって、まりんちゃんに直接頼《ちょくせつたの》んでみようかって話《はなし》になって」

「ちょっと待《ま》って。真剣《しんけん》なのはわかったけど、話《はなし》が見《み》えないよ」

「ええと、とにかく……まずは、占《うらな》ってもらいたい内容《ないよう》を聞《き》いてくれる？」

そう言《い》うと、ふたりは順番《じゅんばん》に話《はな》し始《はじ》めた。

ひとりは『ある男《おとこ》の子《こ》のことが好《す》きなんだけど、両思《りょうおも》いになれるか』ということ。

もうひとりは『将来《しょうらい》はバレリーナになりたいんだけど、なれるか』ということだった。

……ん？

真剣《しんけん》に聞《き》いていた私《わたし》は、ちょっと拍子抜《ひょうしぬ》けした。

今《いま》まで何人《なんにん》も、同《おな》じような話《はなし》を聞《き》いてきた。このふたりが特別《とくべつ》ってわけじゃなさそうなんだけど……。

「占《うらな》う内容《ないよう》は、みんなとそんなに変《か》わらないでしょ？」

私《わたし》の顔《かお》を見《み》てそう思《おも》ったのか、ひとりにそう言《い》われて、私《わたし》は素直《すなお》にウンとうなずいた。

「でもね、私《わたし》たちが他《ほか》の子《こ》とは違《ちが》うところ……、それは、覚悟《かくご》してるってこと」

「覚悟《かくご》？」

「私《わたし》たち、自分《じぶん》の人生《じんせい》をまりんちゃんに預《あず》ける覚悟《かくご》で占《うらな》ってもらうの」

そう言《い》うと、ふたりは、まるで決意表明《けついひょうめい》するように言《い》った。

「私《わたし》、両思《りょうおも》いになれないってわかったら、今後告白《こんごこくはく》はしないし、きっぱりあきらめる。片《かた》思《おも》いでつらい思《おも》いをしてたって、しょーがないもん」

「私《わたし》は、バレリーナになれないなら、もうきっぱりバレエはやめる。遊《あそ》ぶ時間《じかん》をけずってやってる厳《きび》しいレッスン……全部《ぜんぶ》ムダになるから」

え……。

「これが私《わたし》たちの覚悟《かくご》なの。だから……まりんちゃん、早《はや》く占《うらな》って、結果《けっか》を教《おし》えて！」

そんな……。私《わたし》がこのふたりの人生《じんせい》を変《か》えちゃうの？

もしかしたら、いつか好《す》きな人《ひと》と両思《りょうおも》いになれる可能性《かのうせい》があるかもしれないのに？

もしかしたら、バレリーナになって、舞台《ぶたい》で踊《おど》る日《ひ》が来《く》るかもしれないのに？

そんなのって……。

「……無理《むり》」

「まりんちゃん？」

「そんな占《うらな》い……無理《むり》、無理《むり》、無理《むり》、無理《むり》、ぜ〜ったい、無理《むり》――――！」

私《わたし》の中《なか》で何《なに》かがキレた。

「私《わたし》、もう占《うらな》うの、やめた！」

気《き》がついたら、そう叫《さけ》んでいた。

花日《はなび》、結衣《ゆい》ちゃん、そして、ふたり組《ぐみ》……、その四人《よにん》の驚《おどろ》いた顔《かお》。

一瞬《いっしゅん》の間《ま》。……そして。

「まりんちゃん、今《いま》まで大変《たいへん》だったね――っ！」

花日《はなび》が私《わたし》に、身体《からだ》ごとギューッと飛《と》びついてきた。

「わかった、まりん。もう、おしまいにしよう」

結衣《ゆい》ちゃんはそう言《い》うと、ふたり組《ぐみ》の女《おんな》の子《こ》に言《い》った。

「……そういうわけだから。悪《わる》いけど、まりんの占《うらな》いはあきらめてくれる？」

ふたり組《ぐみ》はポカンとしていたようだったけど、占《うらな》いをしないとわかると慌《あわ》てた。

「話《はなし》が違《ちが》うんだけど……私《わたし》たち覚悟《かくご》を決《き》めて来《き》たんだよ」

「人生預《じんせいあず》けるって言《い》ったのに。責任《せきにん》とって」

不満《ふまん》そうに言《い》うふたり組《ぐみ》に、花日《はなび》が「もうがまんできない！」と言《い》って、怒《おこ》り出《だ》した。

「どうして責任《せきにん》とらなきゃいけないの？　自分《じぶん》のことでしょ⁉　そんなに他人《たにん》に決《き》めてほしいなら私《わたし》がやってあげる！　まりんちゃんの占《うらな》いは、もうおしまい‼」

少《すこ》し涙目《なみだめ》になっている花日《はなび》。

そんな花日《はなび》を、まぁまぁとなだめながら、今度《こんど》は結衣《ゆい》ちゃんが言《い》った。

「ふたりとも悩《なや》んでるのはよくわかるけど……プロの占《うらな》い師《し》でもないのに、そんな選択《せんたく》、まりんには重《おも》すぎるよ。悪《わる》いけど、占《うらな》いはあきらめてくれる？　きっともう、まりんは学《がっ》校《こう》で占《うらな》いはやらないから」

花日《はなび》……、結衣《ゆい》ちゃん……。

ふたりとも、私《わたし》の気持《きも》ちを全部《ぜんぶ》わかってくれて、私《わたし》のために怒《おこ》ったり、言《い》いにくいことを言《い》ったりしてくれて……。

「……ごめん。結衣《ゆい》ちゃんの言《い》う通《とお》り、私《わたし》、もう当分占《とうぶんうらな》いはしない。並《なら》んでいる子《こ》には謝《あやま》る。当《あ》たるなんて言《い》われて舞《ま》い上《あ》がってたけど、私《わたし》、まだまだ修業《しゅぎょう》が足《た》りないみたい」

ふたり組《ぐみ》は、まだ不満《ふまん》だらけという顔《かお》をしていたけれど、渋々帰《しぶしぶかえ》っていった。

「……私《わたし》たちも、帰《かえ》ろっか」

結衣《ゆい》ちゃんがそう言《い》うと、花日《はなび》は「そうだね」と言《い》って、「……ハイ」と私《わたし》にタロットを渡《わた》してくれた。

私《わたし》はそのタロットを、ゆっくりと大切《たいせつ》にしまった……。


その日《ひ》の帰《かえ》り道《みち》。

三人《さんにん》で夕焼《ゆうや》けを見《み》ながら歩《ある》いている時《とき》、花日《はなび》が言《い》った。

「ねえ、まりんちゃん。実《じつ》はひとつだけ、占《うらな》ってほしいことがあったんだ〜」

「高尾《たかお》のこと？」

私《わたし》と結衣《ゆい》ちゃんで声《こえ》をそろえてそう言《い》うと、花日《はなび》は「違《ちが》う、違《ちが》う」と手《て》を振《ふ》った。

「それは、どうしてだか占《うらな》ってほしいとは思《おも》わない……。そうじゃなくて、私《わたし》たちのこと」

「私《わたし》たちって……まりんと花日《はなび》と私《わたし》？」

結衣《ゆい》ちゃんが、ちょっと不思議《ふしぎ》そうにそう言《い》った。

「そう。ずっと仲良《なかよ》しでいられるかってこと」

ずっと仲良《なかよ》しって……ねぇ。

三人《さんにん》で顔《かお》を見合《みあ》わす。

「そんなの、占《うらな》わなくてもわかるじゃん！」

そう言《い》ってから、自分《じぶん》で言《い》った言葉《ことば》に少《すこ》し照《て》れた。

でもホントに、そう思《おも》う。

私《わたし》のことで怒《おこ》ったり、かばったりしてくれるふたり。ずっと仲良《なかよ》くしていけるに決《き》まってる！

「そうなんだけどさ。……ただやってみたかっただけ」

花日《はなび》はちょっとすねたようにそう言《い》った。

「どうしよう、結衣《ゆい》ちゃん」

「まりんが嫌《いや》じゃなければ……、私《わたし》もちょっと見《み》てみたいかな」

結衣《ゆい》ちゃんは、ちょっといたずらっぽく言《い》った。私《わたし》も……やってみたい。

もし悪《わる》いカードが出《で》ても、きっとこの三人《さんにん》なら「アハハ」って笑《わら》うだけだ。

「わかった。じゃあ一枚《いちまい》だけ引《ひ》き抜《ぬ》いて占《うらな》おうか？」

私《わたし》たちは歩《ある》きながら、順番《じゅんばん》にカードを切《き》った。

「言《い》い出《だ》した花日《はなび》が引《ひ》いて」

「じゃあ、いくよ……。はい。これ」

花日《はなび》が引《ひ》いたカードは……。

「ジャーン！」

私《わたし》は、夕焼《ゆうや》けにかざすようにして、その一枚《いちまい》を上《うえ》にあげた。

「『太陽《たいよう》』！　幸《しあわ》せと喜《よろこ》びのカードです！」

なんか出来《でき》すぎー。まりんちゃん、何《なに》か細工《さいく》した？　するわけないでしょー。

……そんなふうにしゃべりながら。

大人《おとな》になって、メーキャップアーティストになって、もしかして、その時《とき》はもう、この道《みち》を歩《ある》くことがなくなっていても……。

——こうして三人《さんにん》で歩《ある》いたこと、一生忘《いっしょうわす》れたくないな……。

私《わたし》は、夕焼《ゆうや》け空《ぞら》を見《み》ながら、そう思《おも》った。

堤《つつみ》歩《あゆむ》の作《さく》文《ぶん》

ぼくの将来《しょうらい》の夢《ゆめ》は、システムエンジニア。

理由《りゆう》は、コンピューターに興味《きょうみ》があるし、向《む》いていると思《おも》うからだ。

残念《ざんねん》に思《おも》っているのは、今《いま》のぼくは、都会《とかい》から少《すこ》し離《はな》れた所《ところ》に住《す》んでいるという点《てん》。

ちょっと前《まえ》までは都会《とかい》に住《す》んでいたのだけれど、親《おや》の都合《つごう》でこっちに引《ひ》っ越《こ》さなければならなかった。できればあのまま、都会《とかい》で最先端《さいせんたん》の空気《くうき》を感《かん》じていたかったけれど、こればっかりは仕方《しかた》がない。

でも都会《とかい》から離《はな》れたことで、今《いま》まで気《き》づかなかったことに、気《き》づくことができた。それは、いくらコンピューターが好《す》きでも、それだけではダメだ、ということだった。どんなに時代《じだい》が変《か》わっても、コンピューターを使《つか》うのは、血《ち》の通《かよ》った人間《にんげん》なのだ。ぼくは、この学校《がっこう》に来《き》て、このことを教《おそ》わった。

といっても、それを教《おし》えてくれたのは、コンピューターとは無縁《むえん》のヤツだ。

そいつは、背《せ》が小《ちい》さくて、まさに「ちんちくりん」。まぁ、そういうところが、かわいいといえば、かわいいところでもある。

なのに、時々《ときどき》、すごくしっかりしている時《とき》があって、こっちは驚《おどろ》かされてしまう。

いや、本当《ほんとう》は全然《ぜんぜん》しっかりなんてしてない。ただやさしくて、そのやさしい気持《きも》ちから、人《ひと》をかばったり、助《たす》けてやったりしてしまうんだ。

オレは、そんなちんちくりんのことが、

＊　＊　＊

「うわあああ――――、なんだ、この作文《さくぶん》は！」

ここは、オレの部屋《へや》。作文《さくぶん》の宿題《しゅくだい》をさっさと終《お》わらせてしまおうと、原稿用紙《げんこうようし》に向《む》かったものの……気《き》がついたらとんでもない文章《ぶんしょう》を書《か》いていた。

「アブナイ、アブナイ。こんな作文《さくぶん》、万《まん》が一《いち》、おだんご頭《あたま》に読《よ》まれでもしたら……」

そんな最悪《さいあく》な事態《じたい》……想像《そうぞう》しただけで背筋《せすじ》がゾッとした。

「あーもー、何考《なにかんが》えてんだ。こんなのナシ、ナシ！」

オレはそう言《い》いながら、原稿用紙《げんこうようし》をビリビリに破《やぶ》いた。

あらためて、新《あたら》しい原稿用紙《げんこうようし》を広《ひろ》げる。

……もっと違《ちが》う発想《はっそう》をしよう。

「オレの将来《しょうらい》は、」

将来《しょうらい》、システムエンジニアになったオレ。休日《きゅうじつ》は、陽《ひ》のあたるリビングでコーヒーを飲《の》んでくつろいでいる。

＊　＊　＊

その横《よこ》には、飼《か》っている犬《いぬ》とじゃれているアイツ。

「おい、ちんちくりん」

「もう！　結婚《けっこん》したんだから、ちゃんと名前《なまえ》で呼《よ》んでよ」

……しかたねーな。

「はな……」

＊　＊　＊

「だーかーらー！」

……だから、どうして、こういう発想《はっそう》になってしまうんだ⁉

「バカみてぇ」

オレはヤケ気味《ぎみ》にそう言《い》って、ゴロンとベッドに寝転《ねころ》がった。

「つたく……、全部《ぜんぶ》、花日《はなび》のせいだ」

寝転《ねころ》がっても悪態《あくたい》をついても、頭《あたま》の中《なか》から、花日《はなび》は出《で》ていってくれそうもなかった……。

わたしのこと

―花日《はなび》の夢《ゆめ》、高尾《たかお》の夢《ゆめ》―

1

なんて書《か》いたらいいのでしょうか。

黒板《こくばん》には『将来《しょうらい》の夢《ゆめ》』って書《か》いてあります。

綾瀬花日《あやせはなび》、十二歳《じゅうにさい》。

……超《ちょう》、焦《あせ》ってます。


「どうするー？」

月曜日《げつようび》の六時間目《ろくじかんめ》に与《あた》えられた作文《さくぶん》の課題《かだい》を見《み》て、まわりのみんなはすぐにおしゃべりを始《はじ》めた。

「私《わたし》、ダンサー。舞台《ぶたい》で踊《おど》ったり、子《こ》どもにダンスを教《おし》えたりしたいの」

「どうしようかな。憧《あこが》れは女子《じょし》アナなんだけど」

「おまえが女子《じょし》アナかよ〜、テレビ壊《こわ》れる〜！」

「はあ？　アンタが言《い》う⁉」

作文《さくぶん》なんて面倒《めんどう》くさい……っていう態度《たいど》を残《のこ》しつつ。

それでも「将来《しょうらい》の夢《ゆめ》」について話《はな》す時《とき》って、恥《は》ずかしがったり、からかったり、逆《ぎゃく》に堂々《どうどう》としていたり。みんなの気分《きぶん》が「ふわあっ」ってなってるのが伝《つた》わってくる。隣《となり》の席《せき》の高尾《たかお》は、何《なに》も言《い》わずにウーンと、書《か》きだしを考《かんが》え込《こ》んでいるみたい。

みんな、もう将来《しょうらい》のこと、考《かんが》えてるんだ……。そうだよね、十二歳《じゅうにさい》だもんね。

なのに、私《わたし》は……。

「花日《はなび》ちゃんは、何《なに》になりたいの？」

「え？　えーっと。そ……、それは……」

その時《とき》、「花日《はなび》ちゃん、ごめーん」と、女《おんな》の子《こ》が駆《か》け寄《よ》ってきた。

「どうしたの？」

「あのさ、一年生《いちねんせい》の時《とき》、一緒《いっしょ》にケーキ屋《や》さんになろうね、って約束《やくそく》したでしょ？」

えっ……、私《わたし》、そんな約束《やくそく》してたの⁉

「でもね、私《わたし》、今《いま》はもう別《べつ》の夢《ゆめ》を持《も》ってるの。だから、あの約束《やくそく》はナシでもいい？」

いいも何《なに》も……ごめんなさいっ！　忘《わす》れてました！

……とは言《い》えず、言葉《ことば》につまっていると。

「何《なに》言《い》ってるの。そんな昔《むかし》のこと、とっくに忘《わす》れてるってー。……ねぇ、花日《はなび》？」

いつのまにか別《べつ》の女《おんな》の子《こ》も来《き》ていて、横《よこ》からそう言《い》ってきた。

助《たす》かった！

だよね。一年生《いちねんせい》の時《とき》の将来《しょうらい》の約束《やくそく》なんて、忘《わす》れていてもおかしくないよ、ね……？

「だけど、二年前《にねんまえ》のことはさすがに覚《おぼ》えているよね……？」

……え？

「ごめん、花日《はなび》！　四年生《よねんせい》の時《とき》、一緒《いっしょ》にペットショップを開《ひら》こうって約束《やくそく》したけど、私《わたし》、やっぱり違《ちが》うことしたいの。許《ゆる》して！」

許《ゆる》すも何《なに》も……再《ふたた》びごめんなさいっ！　忘《わす》れてました!!

「花日《はなび》ちゃん、あれは冗談《じょうだん》だったと思《おも》ってもいいよね？」

また別《べつ》の子《こ》。今度《こんど》は何《なに》!?

「ふたりで一緒《いっしょ》に刑事《けいじ》になって難《むずか》しい事件《じけん》を解決《かいけつ》しちゃってさー、かっこいい女刑事《おんなけいじ》コンビで話題《わだい》になって、そのうち『相方《あいかた》』ってタイトルでドラマ化《か》してもらおうよー、って」

そ、そんな約束《やくそく》まで……。ごめんなさいぃ！　完全《かんぜん》に忘《わす》れてます――っ!!!

「ま、冗談《じょうだん》って確認《かくにん》したかっただけだから。……ところで花日《はなび》ちゃんの夢《ゆめ》って、何《なに》？」

まわりのみんなも、そうそう、なになに？　という顔《かお》をして、私《わたし》を見《み》ている。

「あ、あれ？　なんだっけ、ド忘《わす》れしちゃった。そういえば結衣《ゆい》ちゃんの夢《ゆめ》ってなんだっけ？　前《まえ》に聞《き》いた気《き》がするんだけど……ああ、結衣《ゆい》ちゃんのところにまりんちゃんも行《い》ってる。私《わたし》、ふたりの夢《ゆめ》を聞《き》いてこよーっと。……結衣《ゆい》ちゃーん、まりんちゃーん」

私《わたし》は言《い》い訳《わけ》にならないようなことをひとりでしゃべって、結衣《ゆい》ちゃんの席《せき》へと移動《いどう》した。

ふう。あぶない、あぶない。

十二歳《じゅうにさい》にもなって、将来《しょうらい》の夢《ゆめ》がまだ決《き》まっていないなんて、私《わたし》だけなのかな……？

実《じつ》はまだ、将来《しょうらい》の夢《ゆめ》が決《き》まってないの。

……なんてことは、結衣《ゆい》ちゃん、まりんちゃんにも言《い》えなかった。

ただ、そのことには触《ふ》れずに（途中《とちゅう》で聞《き》かれたけど、誤魔化《ごまか》したりしながら）、ふたりの夢《ゆめ》を聞《き》くことができた。

まりんちゃんの夢《ゆめ》は、メーキャップアーティスト。

結衣《ゆい》ちゃんの夢《ゆめ》は、学校《がっこう》の先生《せんせい》か、看護師《かんごし》さん。

ふたりともピッタリの将来《しょうらい》の夢《ゆめ》だな、すごいなー！　って思《おも》った。

メーキャップアーティスト・まりんちゃんが、大《おお》きな鏡《かがみ》の前《まえ》で、モデルさんや女優《じょゆう》さんを美《うつく》しく変身《へんしん》させていく。みんな、みるみるキラキラ輝《かがや》いて……。

「素敵《すてき》！　まりんちゃんにピッタリ！　がんばってね!!」

私《わたし》は、大人《おとな》になったまりんちゃんを想像《そうぞう》して、思《おも》わずそう声《こえ》をあげた。

そして、教壇《きょうだん》に立《た》つ結衣《ゆい》ちゃんと、白衣姿《はくいすがた》の結衣《ゆい》ちゃん……。

「結衣《ゆい》ちゃんなら、学校《がっこう》の先生《せんせい》も、看護師《かんごし》さんも、どっちも似合《にあ》いそう！」

本当《ほんとう》に、結衣《ゆい》ちゃんならどっちの仕事《しごと》についても、やさしく、そしてしっかりとやってくれそうだ。私《わたし》は、自分《じぶん》が生徒《せいと》になった時《とき》と患者《かんじゃ》になった時《とき》の、両方《りょうほう》を想像《そうぞう》してみた。

「うーん。結衣《ゆい》ちゃんがいる教室《きょうしつ》と結衣《ゆい》ちゃんがいる病院《びょういん》、どっちがいいかな〜。どっちもいいな〜」

ああ〜、結衣先生《ゆいせんせい》に教《おし》えてもらう生徒《せいと》になれたら、なんて楽《たの》しそうなんだろう。

もちろん、結衣看護師《ゆいかんごし》さんに優《やさ》しくしてもらえる患者《かんじゃ》さんも幸《しあわ》せそうだし。

……って！

違《ちが》う、違《ちが》う。

結衣《ゆい》ちゃんが先生《せんせい》になったり、看護師《かんごし》さんになったりする時《とき》は、私《わたし》だってもう大人《おとな》になっているわけで。結衣《ゆい》ちゃんの生徒《せいと》になることはないし、結衣看護師《ゆいかんごし》さんの患者《かんじゃ》さんになることはあるかもしれないけど、その時《とき》、もう私《わたし》は小児科《しょうにか》じゃなくて、内科《ないか》とか、よくわかんないけど、そっちの科《か》を受診《じゅしん》する大人《おとな》になっているはずで。

その時《とき》、私《わたし》は、どんな大人《おとな》になっているんだろう……？


帰《かえ》りの会《かい》が早《はや》めに終《お》わった余韻《よいん》なのか、なんとなく教室《きょうしつ》が落《お》ち着《つ》かない。「さようなら」の後《あと》、すぐに帰《かえ》らないで教室《きょうしつ》に残《のこ》っている女子《じょし》が、いつもより多《おお》いような気《き》がする。

「やっぱりファッションモデルね。そして、そこからの女優《じょゆう》かしら」

聞《き》くつもりはなかったけど、声《こえ》が耳《みみ》に入《はい》ってしまった……。心愛《ここあ》ちゃんの夢《ゆめ》。

「幼稚園《ようちえん》の頃《ころ》は、山嵐《やまあらし》の桜田《さくらだ》くんと結婚《けっこん》する〜、なんて無邪気《むじゃき》に言《い》ってたけど。でも、それじゃあ、心愛《ここあ》がもったいないでしょ？　だから、四年生《よねんせい》の頃《ころ》から、将来《しょうらい》はモデル……からの女優《じょゆう》って決《き》めてるの」

さすが心愛《ここあ》ちゃん、自信満々《じしんまんまん》なんだなぁ……。

「それに人気《にんき》アイドルとの結婚《けっこん》もいいけど……心愛《ここあ》、幼稚園《ようちえん》の時《とき》と違《ちが》って、今《いま》は本当《ほんとう》に好《す》きな人《ひと》に出会《であ》ってしまったから。モデルからの女優《じょゆう》、そして絶頂期《ぜっちょうき》に結婚発表《けっこんはっぴょう》。『お相手《あいて》は一般男性《いっぱんだんせい》で、イケメンのT《ティー》さん』ってニュースが流《なが》れて、芸能界騒然《げいのうかいそうぜん》！」

心愛《ここあ》ちゃんが想定《そうてい》している一般男性《いっぱんだんせい》のT《ティー》さんって、もしかして……。

いやいや、深《ふか》く考《かんが》えるのはやめておこうっと。

「あー、でも……。一般男性《いっぱんだんせい》T《ティー》さんって言《い》ったけど、俳優《はいゆう》とかニュースキャスターとかになるかもしれないわね、高尾《たかお》くんなら」

……って、やっぱり高尾《たかお》のことだった――！

私《わたし》はなるべく関《かか》わらないように、そそくさとカバンをつかんで帰《かえ》る仕度《したく》を始《はじ》めたんだけど……遅《おそ》かった。心愛《ここあ》ちゃんはつかつかと歩《ある》き出《だ》して、私《わたし》のそばで立《た》ち止《ど》まる。

「そのへんはどうなの？　花日《はなび》ちゃん、高尾《たかお》くんの将来《しょうらい》の夢《ゆめ》、知《し》ってるんでしょう？」

なんで私《わたし》にーっ？

「ううん、知《し》らないよ」

私《わたし》は正直《しょうじき》に答《こた》えた。ホントに知《し》らないから。

「やだ、彼氏《かれし》の将来《しょうらい》の夢《ゆめ》を知《し》らないなんてウソでしょ!?　これだから花日《はなび》ちゃんは彼女失《かのじょしっ》格《かく》なのよ。私《わたし》なら絶対《ぜったい》チェックしているのに……」

心愛《ここあ》ちゃんはブツブツ言《い》っていたけれど、私《わたし》はもうカバンを手《て》にして、まりんちゃんと結衣《ゆい》ちゃんがどこにいるか、探《さが》し始《はじ》めた。

目《め》を泳《およ》がせながら、考《かんが》える。

——高尾《たかお》の将来《しょうらい》の夢《ゆめ》って、なんだろう。

ついさっき、六時間目《ろくじかんめ》の途中《とちゅう》くらいから、桧山《ひやま》の将来《しょうらい》についてひと騒《さわ》ぎあった時《とき》に、私《わたし》もそう思《おも》ったんだった。

高尾《たかお》に聞《き》いたら、すぐに教《おし》えてくれそうな気《き》がする。

でも、そしたら高尾《たかお》はきっと、

「それで、綾瀬《あやせ》の将来《しょうらい》の夢《ゆめ》は？」

……って、絶対聞《ぜったいき》いてくる！

そしたら私《わたし》は、なんてこたえればいい？

私《わたし》の頭《あたま》の中《なか》で、ソッコー脳内会議《のうないサミット》が始《はじ》まった。

花日《はなび》その１「正直《しょうじき》に答《こた》えるしかないんじゃない？」

花日《はなび》その２「まだ決《き》まってないのー、って？」

花日《はなび》その3「えー……。十二歳《じゅうにさい》なのに、それってどう?」
花日《はなび》その4「将来《しょうらい》のこと考《かんが》えられない女《おんな》の子《こ》みたい……」
花日《はなび》その1「確《たし》かに。そんな彼女《かのじょ》とは、自分《じぶん》の将来《しょうらい》も考《かんが》えられないよね」
花日《はなび》その2「自分《じぶん》の将来《しょうらい》って?」
花日《はなび》その3「あるじゃん……」
花日《はなび》その4「ああ、け……」
花日《はなび》その1「そう、けっ……」
花日《はなび》その2「わかった! けっこ……」
……ん～～～～、ストップ、ストーップ!
私《わたし》は顔《かお》が真《ま》っ赤《か》になって、脳内会議《のうないサミット》を強制終了《きょうせいしゅうりょう》させた。
とにかく。高尾《たかお》に将来《しょうらい》の夢《ゆめ》を聞《き》く前《まえ》に、自分《じぶん》の夢《ゆめ》をはっきりさせておかなくちゃ……。
まりんちゃんと合流《ごうりゅう》して、黒板《こくばん》の前《まえ》につっ立《た》っている結衣《ゆい》ちゃんに声《こえ》をかけた。
「あ……、やだ。ボーッとしちゃった」
「結衣《ゆい》ちゃんでも上《うわ》の空《そら》なんてことあるんだ!」

少《すこ》しホッとして、私《わたし》は自然《しぜん》と笑《わら》ってしまった。

「ホント、めずらしいね。何《なに》、考《かんが》えていたの？」

まりんは不思議《ふしぎ》そうな顔《かお》で、そう聞《き》いている。

「うん……、将来《しょうらい》の夢《ゆめ》のことを考《かんが》えていて」

結衣《ゆい》ちゃんは、桧山《ひやま》の将来《しょうらい》の夢《ゆめ》が気《き》になっていたらしい。

そういえば、桧山《ひやま》の夢《ゆめ》って、どこかで聞《き》いたことがあるような気《き》がする。

「あ！」

私《わたし》は思《おも》わず、そう叫《さけ》んだ。

そっか。結衣《ゆい》ちゃんは五年生《ごねんせい》になって初《はじ》めて桧山《ひやま》と一緒《いっしょ》のクラスになったから、将来《しょうらい》の夢《ゆめ》を一度《いちど》も聞《き》いた覚《おぼ》えがないんだ。でも私《わたし》と桧山《ひやま》は一年生《いちねんせい》の時《とき》からずっと同《おな》じクラスだったから、それで、なんとなく聞《き》いたことがあるような気《き》がして……。

確《たし》か私《わたし》の部屋《へや》の押《お》し入《い》れに、一年生《いちねんせい》の時《とき》と四年生《よねんせい》の時《とき》の文集《ぶんしゅう》があったはず。

そうだ、そうだ。そこにはきっと、私《わたし》の、その頃《ころ》の夢《ゆめ》も書《か》いてあるはずだ……！

「ふたりとも、今日《きょう》、家《うち》に遊《あそ》びにこない？」

私《わたし》は、結衣《ゆい》ちゃんとまりんちゃんに、そう声《こえ》をかけた。

「今日《きょう》？」

「どうして？」

「いいから、いいから……。そうと決《き》まれば、早《はや》く帰《かえ》ろっ！」

理由《りゆう》も言《い》わずに、ちょっと無理矢理《むりやり》すぎるかな？　とも思《おも》ったけど、こんなにワクワクする思《おも》いつきなんだもん、ちょっとくらい強引《ごういん》に誘《さそ》ってもいいよね！

私《わたし》は、早《はや》くっ早《はや》くっと、歌《うた》うようにリズムをつけて、結衣《ゆい》ちゃんを廊下《ろうか》へと押《お》していこうとした。

「ちょっと待《ま》って、カバン――」

結衣《ゆい》ちゃんは黒板消《こくばんけ》しを置《お》くと、急《いそ》いでカバンを取《と》りにいった。

2

「あったー！　これこれ……。ジャーン！」

私《わたし》は、押《お》し入《い》れの中《なか》から見《み》つけた物《もの》を自慢《じまん》げに高《たか》く掲《かか》げた。いかにも『学校《がっこう》で綴《と》じました』という感《かん》じの、少《すこ》し色《いろ》あせた文集二冊《ぶんしゅうにさつ》。一年生《いちねんせい》の時《とき》と四年生《よねんせい》の時《とき》の、それぞれのクラス文集《ぶんしゅう》だった。

「ふっふっふ……。えーとね、確《たし》か、ここらへんに……あった！」

私《わたし》が開《ひら》いたのは『みんなの、しょうらいのゆめ』と大《おお》きく書《か》かれたページだった。一年生《いちねんせい》の時《とき》から、私《わたし》と桧山《ひやま》はずっと同《おな》じクラスだったから、ここに桧山《ひやま》の将来《しょうらい》の夢《ゆめ》が載《の》っているはずで、それを結衣《ゆい》ちゃんに見《み》せたかったのだ。もちろん、昔自分《むかしじぶん》がなんて書《か》いていたかを確《たし》かめたい、という目的《もくてき》もあった。

「でかした、花日《はなび》ー！」

まりんがそう言《い》っている横《よこ》で、結衣《ゆい》ちゃんはさっそく桧山《ひやま》の名前《なまえ》を探《さが》している。

私《わたし》もこっそり、自分《じぶん》の名前《なまえ》を探《さが》した。

ええと、確《たし》かこのへン……、と。

あった。

——あやせはなび　パンやさんか、おもちゃやさんそうか……、一年生《いちねんせい》のこの文集《ぶんしゅう》を書《か》いた時《とき》は、こんな夢《ゆめ》を……、全然覚《ぜんぜんおぼ》えてないけど。

「ほら、四年生《よねんせい》の時《とき》のも」

私《わたし》は、もう一冊《いっさつ》の文集《ぶんしゅう》も広《ひろ》げる。同《おな》じように『将来《しょうらい》の夢《ゆめ》』というページがあった。

——綾瀬花日《あやせはなび》　ようち園《えん》の先生《せんせい》かケータイ電話屋《でんわや》さん。小《ちい》さい子《こ》を見《み》てかわいいなと思《おも》うし、それからケータイがほしいからです。キラキラしたケータイをえがおで売《う》りたい。あと今《いま》、虫歯《むしば》のちりょう中《ちゅう》で、歯医者《はいしゃ》さんのおねえさんがやさしいから、それもいいです。

二《に》、三行《さんぎょう》のスペースに、ぎっちり文字《もじ》をつめこんで書《か》いている。

堂々《どうどう》と「ケータイがほしいからです」って、我《われ》ながら恥《は》ずかしすぎ……。

幼稚園《ようちえん》の先生《せんせい》、ケータイ電話屋《でんわや》さん、歯医者《はいしゃ》さんのお姉《ねえ》さん。

……これも、やっぱり覚《おぼ》えていない。

私《わたし》は心《こころ》の中《なか》で、ハァーとため息《いき》をついてしまった。

それから、結衣《ゆい》ちゃん、まりんちゃん、私《わたし》の三人《さんにん》は「桧山《ひやま》の夢《ゆめ》」の話《はなし》で盛《も》り上《あ》がった。今《いま》の桧山《ひやま》の夢《ゆめ》はなんなのか、真剣《しんけん》に考《かんが》えてみたりして夕方《ゆうがた》をすごし……そして、ふたりは帰《かえ》っていった。

友《とも》だちが帰《かえ》った後《あと》の自分《じぶん》の部屋《へや》は、散《ち》らかっていても、ポッカリ穴《あな》が空《あ》いたみたいで、ちょっとさびしい。

文集《ぶんしゅう》を探《さが》すために出《だ》した押《お》し入《い》れの中《なか》の物《もの》が、まだそのまま散《ち》らかっていた。

幼稚園《ようちえん》の頃《ころ》に使《つか》っていたカバンや、色《いろ》がすっかりあせてしまったうさパンダのマスコット、何年《なんねん》も前《まえ》の旅行《りょこう》の時《とき》に買《か》ったキーホルダーや、お守《まも》り……。

その時《とき》は大切《たいせつ》にしていたし、だからこそ捨《す》てられなくて取《と》っておいたんだけど、そのわりには、取《と》っておいたことも忘《わす》れていて、でもこうして見《み》ると、やっぱり懐《なつ》かしくて……。

——なんだかちょっと似《に》ているな。

と、思《おも》った。忘《わす》れてしまっていた『将来《しょうらい》の夢《ゆめ》』に。

片付《かたづ》けをしながら、頭《あたま》の中《なか》を整理《せいり》してみることにした。

一年生《いちねんせい》の時《とき》、友《とも》だちと「ケーキ屋《や》さんになろう」

その時《とき》の文集《ぶんしゅう》には「パン屋《や》さん、おもちゃ屋《や》さん」

四年生《よねんせい》の時《とき》、友《とも》だちと「ペットショップを開《ひら》こう」

その少《すこ》し後《あと》に、別《べつ》の友《とも》だちと「刑事《けいじ》」

そして、その時《とき》の文集《ぶんしゅう》には「幼稚園《ようちえん》の先生《せんせい》（小《ちい》さい子《こ》どもがかわいいから）、ケータイ電話屋《でんわや》さん（ケータイ電話《でんわ》がほしいから、キラキラしたケータイを売《う》りたいから）、歯医者《はいしゃ》さんのお姉《ねえ》さん（やさしくしてもらっているから）」

この調子《ちょうし》だと、他《ほか》にもいろいろと「あれをやりたい」「これをやりたい」と言《い》いふらしているかもしれない……。

何《なに》がやりたいんだ、自分《じぶん》――――っ！


だけど……。

ひとつひとつを手《て》に取《と》って、片付《かたづ》けながら思《おも》う。

忘《わす》れていたのに、こんなふうに思《おも》うのってヘンかな。ヘンかも。でも正直《しょうじき》に言《い》うと、

――どの夢《ゆめ》も、いいな

そんな気持《きも》ちが、どこかにある。

ケーキも、パンも、おもちゃも、今《いま》だって好《す》きだ。好《す》きな物《もの》を売《う》って、みんなが喜《よろこ》んでくれたらうれしい。

ペットショップも開《ひら》いてみたい。飼《か》い主《ぬし》さんが見《み》つかるまで、自分《じぶん》のお店《みせ》でたくさんかわいがって世話《せわ》をしてあげて。飼《か》い主《ぬし》さんが現《あらわ》れたら、その時《とき》は笑顔《えがお》で送《おく》り出《だ》してあげたい。

刑事《けいじ》だってやってみたい。一生懸命《いっしょうけんめい》ナゾを解《と》いて、事件《じけん》を解決《かいけつ》して、まわりのみんながほっとした顔《かお》を見《み》せてくれたらどんなに気持《きも》ちいいだろう。

小《ちい》さい子《こ》どもを見《み》ていると、本当《ほんとう》にひとりひとりかわいくて仕方《しかた》がないから、幼稚園《ようちえん》の先生《せんせい》にもなりたいし。

ケータイ電話《でんわ》がほしいからケータイ屋《や》さんっていう理由《りゆう》はどうかと思《おも》うけど、自分《じぶん》でもケータイを持《も》って、操作《そうさ》も何《なに》もかも全部《ぜんぶ》マスターして、それで、今《いま》の私《わたし》みたいに「ケータイほしい」っていう子《こ》に親切《しんせつ》に説明《せつめい》してあげたり、好《この》みのケータイを紹介《しょうかい》したりしてあげたい。

歯医者《はいしゃ》さんのお姉《ねえ》さんはね、うん、四年生《よねんせい》で歯医者《はいしゃ》に通《かよ》っていた時《とき》のことを思《おも》い出《だ》した。歯医者《はいしゃ》さんが怖《こわ》くて怖《こわ》くて、いつも泣《な》きそうな顔《かお》をしている私《わたし》に「大丈夫《だいじょうぶ》よ」とか「すぐ終《お》わるから」とか「歯医者《はいしゃ》さんの先生《せんせい》も、実《じつ》はお注射《ちゅうしゃ》が嫌《きら》いな人《ひと》なんだよ」って、優《やさ》しく声《こえ》をかけてくれた歯医者《はいしゃ》さんのお姉《ねえ》さん。私《わたし》も大人《おとな》になったら、歯医者《はいしゃ》に来《き》て泣《な》きそうになっている子《こ》に優《やさ》しくしてあげたいなって思《おも》ったんだった。

――本当《ほんとう》に「将来《しょうらい》、やってみたいな」ってことが、たくさんあるんだもん。

でも……、

――じゃあ、今《いま》の夢《ゆめ》は、どれ？

そう聞《き》かれたら、「これ」とは言《い》えない。

今《いま》までの「将来《しょうらい》の夢《ゆめ》」をひとつひとつ考《かんが》えてみると、やってみたいことばかりだし。でも、これ以外《いがい》で「まだ考《かんが》えたことはないけど、やってみたいこと」、「これから知《し》ることで、やりたいと思《おも》うかもしれないこと」は、いっぱいあるような気《き》もするし……。

「あー、もー、わかんない！」

私《わたし》はひとりでそう叫《さけ》ぶと、ドテッと大《だい》の字《じ》に寝転《ねころ》がった。

どうしてみんなは、次々《つぎつぎ》に決《き》まっていくんだろう。

どうして私《わたし》は、決《き》まらないんだろう。

自分《じぶん》のことなのに。

みんなと同《おな》じ、十二年間《じゅうにねんかん》をすごしてきたのに。

私《わたし》だけ、どうして……。

夕食《ゆうしょく》の時間《じかん》になってお兄《にい》ちゃんが起《お》こしにくるまで、私《わたし》はそのまま部屋《へや》で眠《ねむ》ってしまっていた……。

3

次《つぎ》の日《ひ》。火曜日《かようび》の掃除《そうじ》の時間《じかん》。

「ちょっと男子《だんし》ー、机《つくえ》、運《はこ》びなさいよー」

さっきまで、それなりに掃除《そうじ》をしていた男子《だんし》たちが、なぜか明《あき》らかにサボり始《はじ》めた。

六年生《ろくねんせい》にもなると清掃分担《せいそうぶんたん》は各班《かくはん》で分《わ》かれる。当然《とうぜん》ひとつの清掃場所《せいそうばしょ》に割《わ》り当《あ》てられるのは、それほど多《おお》い人数《にんずう》ではない。今《いま》は、結衣《ゆい》ちゃんがゴミを捨《す》てに行《い》ってくれていて、桧山《ひやま》もいない（バケツの水《みず》を捨《す》てに行《い》ったみたい）。この少人数《しょうにんずう》で机《つくえ》を運《はこ》ばなければならないというのに、まるで女子《じょし》をバカにしているみたいに、男子《だんし》は床《ゆか》に座《すわ》り込《こ》んでいる。

「ほら、座《すわ》ってないで立《た》つ！」

我慢《がまん》できなくなった女子《じょし》が、座《すわ》り込《こ》んでいるエイコーのお尻《しり》をホウキで叩《たた》こうとした。

「きみたちぃ、そんなデカい態度《たいど》をとって、いいのかな〜？」

エイコーは、意味《いみ》ありげにそう言《い》った。

「はあ？」

「ドウッドウルー！　オレら、女子《じょし》に大人気《だいにんき》、高尾《たかお》の将来《しょうらい》の夢《ゆめ》を独占入手《どくせんにゅうしゅ》しました！」

その横《よこ》から委員長《いいんちょう》が、サッと顔《かお》を出《だ》す。

「他社《たしゃ》に先駆《さきが》け、緊急徹底《きんきゅうてってい》リサーチ。レア情報入手《じょうほうにゅうしゅ》に成功《せいこう》したのであります！」

……どうやらエイコーと委員長《いいんちょう》が、仕組《しく》んだことらしい。

「このレア情報《じょうほう》が欲《ほ》しくば、女子《じょし》の諸君《しょくん》、机《つくえ》は女子《じょし》だけで運《はこ》びなさい」

「何《なに》言《い》ってんのよ。男子《だんし》だけサボろうなんてズルい」

「なんとでも言《い》いたまえ。レア情報《じょうほう》と机運《つくえはこ》び。さあ、どっちを取《と》るのかな？」

エイコーがそう言《い》うと、委員長《いいんちょう》が眼鏡《めがね》をくいっと持《も》ち上《あ》げて続《つづ》けた。

「情報《じょうほう》はスピードが命《いのち》。早《はや》い段階《だんかい》での情報入手《じょうほうにゅうしゅ》は、ライバルに大《おお》きな差《さ》をつけるチャンスになるでしょう」

「あんたたちに頭《あたま》下《さ》げるくらいなら、そんなの別《べつ》にいいし……」

女子《じょし》の口調《くちょう》は、少《すこ》しずつ弱腰《よわごし》モードになっている。この場《ば》にいる数人《すうにん》の高尾《たかお》ファンは「アホな提案《ていあん》には乗《の》りたくないけど、でも知《し》りたい」っていう、複雑《ふくざつ》な気持《きも》ちみたい。私《わたし》もそう思《おも》うから、わかる……。

「じゃあ、こういうのはどう？」

女子《じょし》のひとりが、一歩《いっぽ》前《まえ》に進《すす》み出《で》た。……心愛《ここあ》ちゃんだった。

「情報交換《じょうほうこうかん》しない？　これから女子《じょし》の間《あいだ》で流行《はや》りそうなものを教《おし》えてあげる。これって、かなりのレア情報《じょうほう》じゃないかしら。どう、トレンディー男子《だんし》のエイコー？」

トレンディー男子《だんし》……。エイコーの頭《あたま》の中《なか》で、この一言《ひとこと》がぐるぐると回《まわ》っているみたいだった（実際《じっさい》、口《くち》に出《だ》してつぶやいてもいた）。

「それ乗《の》った！　じゃ〜、オレらのレア情報《じょうほう》、教《おし》えちゃうぜぃ」

トレンディー男子《だんし》と言《い》われたのがうれしかったらしく、エイコーはノリノリだ。

「委員長《いいんちょう》、発表《はっぴょう》してやってくれ！」

「では発表《はっぴょう》します。高尾《たかお》の将来《しょうらい》の夢《ゆめ》、それは……パイロットです」


――パイロット。

高尾《たかお》が……、パイロット。

制服《せいふく》を着《き》て、パイロットの帽子《ぼうし》をかぶって。

空港《くうこう》の窓《まど》から、これからフライトする空《そら》を見上《みあ》げて。

空《そら》は快晴《かいせい》で、その青《あお》が高尾《たかお》の目《め》にも映《うつ》っていて……。

……いい。

高尾《たかお》、カッコよすぎる！　似合《にあ》いすぎる！　素敵《すてき》すぎる……！

「高尾《たかお》くん、やっぱり最高《さいこう》だわ……！」

心愛《ここあ》ちゃんがうっとりするような声《こえ》で、そう言《い》っている。

「おい浜名《はまな》、それで、女子《じょし》の間《あいだ》で流行《はや》りそうなものってなんだよ？」

「あ、それね。占《うらな》い。なんか昼休《ひるやす》み、やってたっぽいから。私《わたし》はその場《ば》にいなかったけど」

心愛《ここあ》ちゃんは短《みじか》くこたえると、再《ふたた》び、うっとりした声《こえ》をあげた。

「そんなことより……、あ〜〜〜、高尾《たかお》くんのパイロット姿《すがた》を想像《そうぞう》するだけで、女子《じょし》なら胸《むね》キュンよね！」

うん、そうだよね。心愛《ここあ》ちゃんの言《い》ってること、わかる。

だって、私《わたし》も、すでにパイロット姿《すがた》の高尾《たかお》が見《み》えているもん。

高尾《たかお》は空港《くうこう》にいて、今《いま》はちょうどフライトの前《まえ》で……。

不意《ふい》に英語《えいご》で話《はな》しかけられる、パイロットの高尾《たかお》。

背《せ》が高《たか》い外国《がいこく》の人《ひと》、この人《ひと》も航空関係者《こうくうかんけいしゃ》なのかな？　パイロットの高尾《たかお》は、もちろん英《えい》語《ご》もペラペラ。ふたりで英語《えいご》で話《はな》し、ハハハ……と笑《わら》ってる。

まわりにいる旅行者《りょこうしゃ》、特《とく》に女《おんな》の人《ひと》たちは、ちららちと高尾《たかお》を見《み》ている。そりゃそうだよね、カッコよくて目立《めだ》ちすぎてるもの。

ひとりになった高尾《たかお》は、おもむろにケータイ電話《でんわ》を取《と》り出《だ》して、誰《だれ》かと話《はな》し始《はじ》める。

「オレ、今《いま》からフライト。……大丈夫《だいじょうぶ》、安心《あんしん》して待《ま》ってて。おみやげ、何《なに》がいい？……アハハ、食《た》べ物《もの》か。あいかわらずだなぁ。わかった、じゃあ行《い》ってくるね、花日《はなび》」

花日《はなび》……って私《わたし》の名前《なまえ》……。

わわわわわ〜〜〜〜！（しかも、名前《なまえ》で呼《よ》ばれちゃってるし！）

……と、そこへ。

「あら、またお電話《でんわ》？」

ツカツカとやってくるキレイな人《ひと》……。制服《せいふく》を着《き》てる。

「小学校《しょうがっこう》からの彼女《かのじょ》もいいけど、いい加減《かげん》、別《わか》れてもいいんじゃない？　あなたにはもっとふさわしい女性《じょせい》がいるはずなのに。同業者《どうぎょうしゃ》とか、すぐ近《ちか》くに……」

そう言《い》って、不敵《ふてき》に笑《わら》う女《おんな》の人《ひと》。

あれ、この顔《かお》、どこかで見《み》たことあるような……。


「アテンション・プリーズ！」

気《き》がついたら、私《わたし》の目《め》の前《まえ》で、心愛《ここあ》ちゃんが片手《かたて》を上《あ》げたポーズでそう言《い》っていた。

ここは空港《くうこう》じゃなくて、掃除《そうじ》の途中《とちゅう》の教室《きょうしつ》で。

目《め》の前《まえ》にいるのは、さっきの大人《おとな》の女《おんな》の人《ひと》じゃなくて、心愛《ここあ》ちゃん……だったけど。

「アテンション・プリーズ！　……決《き》めた。私《わたし》、CA《シーエー》になる！」

「CA《シーエー》？」

「やだー、花日《はなび》ちゃん、CA《シーエー》も知《し》らないの？　キャビン・アテンダントよ」

「キャビン・アテンダント……？」

「まだピンとこない？　飛行機《ひこうき》の客室乗務員《きゃくしつじょうむいん》！　キャビンクルー！　機内《きない》でサービスをしたり、何《なに》かあったら的確《てきかく》な判断《はんだん》と素早《すばや》い行動《こうどう》で、乗客《じょうきゃく》を速《すみ》やかに誘導《ゆうどう》してくれる——」

「あ、……ああ！」

「……ったく。どうしてこんな子《こ》が高尾《たかお》くんの彼女《かのじょ》なのかしら。まぁ、いいわ。それも今《いま》だけだものね」

「今《いま》だけじゃないもん！　私《わたし》、ずっと……高尾《たかお》のそばにいたいもん……」

最後《さいご》の方《ほう》は恥《は》ずかしくて、聞《き》こえないくらい小《ちい》さい声《こえ》になってしまったけど……、でも、そう信《しん》じてるもん。さっき妄想《もうそう》の中《なか》で、大人《おとな》になった高尾《たかお》も「花日《はなび》」って呼《よ》んでくれてたもん……。

「ずっとそばになんて、いられるかしら？　高尾《たかお》くん、パイロットになるんでしょう？　ずっとそばにいるためには、やっぱりそれなりにふさわしい人《ひと》じゃなくっちゃ。……美人《びじん》のCA《シーエー》とか、ね」

だから、夢《ゆめ》はファッションモデルとか女優《じょゆう》とかって言《い》ってた心愛《ここあ》ちゃんなのに、急《きゅう》にCA《シーエー》になるって言《い》い出《だ》したんだ……。

そうだね。パイロットとCA《シーエー》なら、一緒《いっしょ》にいる時間《じかん》も長《なが》いかも。

乗客《じょうきゃく》の安全《あんぜん》を、操縦士《そうじゅうし》と乗務員《じょうむいん》が一丸《いちがん》となって守《まも》る。もちろん、細《こま》やかなサービスも忘《わす》れない。どの国《くに》の人《ひと》にも快適《かいてき》な空《そら》の旅《たび》になるように、笑顔《えがお》と気配《きくば》りで、おもてなし……。

「……いい」

「え？」

「心愛《ここあ》ちゃんの言《い》う通《とお》り。CA《シーエー》って素敵《すてき》」

「まあね、私《わたし》もそう思《おも》うわ。今《いま》まで思《おも》いつかなかったのが不思議《ふしぎ》なくらい。だから花日《はなび》ちゃん、高尾《たかお》くんのことは安心《あんしん》して私《わたし》にまかせて……」

「アテンション・プリーズ！　私《わたし》もCA《シーエー》になる！」

「はあ――――!?」

「心愛《ここあ》ちゃん、同《おな》じ夢《ゆめ》を目指《めざ》すからには一緒《いっしょ》にがんばろうね!」

「ちょっと、何言《なにい》い出《だ》すのよ、花日《はなび》ちゃん……!」

心愛《ここあ》ちゃんは何《なに》か言《い》っていたけど、私《わたし》の耳《みみ》にはもう入《はい》らなかった。

いい。すっごくいい、CA《シーエー》!

作文《さくぶん》にはそう書《か》こう! 金曜日《きんようび》までに提出《ていしゅつ》すればいいから、まだ時間《じかん》はたっぷりある。

私《わたし》はもう、なんだか力《ちから》がみなぎってきて、中断《ちゅうだん》していた教室掃除《きょうしつそうじ》の机運《つくえはこ》びを、いつもの倍《ばい》くらいはりきって運《はこ》び始《はじ》めた。

4

昨日《きのう》まで悩《なや》んでいたのがウソみたい。心《こころ》の中《なか》がぱあっと晴《は》れて、まるで私《わたし》の身体《からだ》に翼《つばさ》が生《は》えたようだった(飛行機《ひこうき》に乗《の》る仕事《しごと》だけに。……なーんてね)。

私《わたし》、CA《シーエー》になりたい！

今《いま》までしっかり決《き》められなかったのも、きっと、CA《シーエー》っていう夢《ゆめ》が見《み》つからなかったからなのかも。


ここは空港《くうこう》。

すれ違《ちが》う人《ひと》はふり向《む》いて、憧《あこが》れの視線《しせん》を送《おく》っている。

足並《あしな》みをそろえて歩《ある》いてくるCA《シーエー》たち。その中《なか》のひとりは、制服《せいふく》を着《き》た私《わたし》。

今日《きょう》は、これからフライト。

お客様《きゃくさま》に快適《かいてき》な空《そら》の旅《たび》を楽《たの》しんでもらえるように、明《あか》るい笑顔《えがお》でがんばらなくちゃ！

……と。向《む》こうから、パイロットがやってくる。

「ちょっと……」

みんなに気《き》づかれないように小《ち》さく手招《てまね》きされる私《わたし》。呼《よ》びだしたのは……高尾《たかお》。

「どうしたの？」

「向《む》こうに着《つ》いてからの約束《やくそく》、覚《おぼ》えてる？」

「うん。到着《とうちゃく》した日《ひ》の食事《しょくじ》だよね。大丈夫《だいじょうぶ》」

「よかった。綾瀬《あやせ》は昔《むかし》から、時々《ときどき》おっちょこちょいだからね」

ふふっと笑《わら》う高尾《たかお》。へへっと笑《わら》う私《わたし》。

「フライトがんばってね。……っていっても一緒《いっしょ》の飛行機《ひこうき》だけど」

「だな。しっかり操縦《そうじゅう》するよ。じゃあパリで」

うわあ、すごーい……、約束《やくそく》はパリだって！

「わかった。出《で》たとこで待《ま》ってるね」


「いや、別《べつ》に待《ま》ってなくていいよ」

「ううん、待《ま》ってる」

「いいって。……てゆーか花日《はなび》、どうかしたの？」

「え？　あれ？　……お兄《にい》ちゃん」

気《き》がついたら、ここはリビングで。

バスタオルを持《も》ったお兄《にい》ちゃんが、私《わたし》の顔《かお》を見《み》てポカンとしていた。

「もしかして聞《き》いてなかった？　花日《はなび》がお風呂《ふろ》に入《はい》らないなら、オレ、先《さき》に入《はい》っちゃうけどいい？　って聞《き》いたら、『わかった。出《で》たとこで待《ま》ってるね』なんて返事《へんじ》して……」

ひゃあ！

「ごめんなさい、よく聞《き》いてないのに返事《へんじ》しちゃった！」

「昨日《きのう》は夕方《ゆうがた》から部屋《へや》で寝《ね》ちゃってたし、どこか具合《ぐあい》が悪《わる》いんじゃない？」

「ちょっと、ぼやっとしちゃっただけ。大丈夫《だいじょうぶ》だから」

お兄《にい》ちゃんの背中《せなか》をバスルームの方《ほう》へと押《お》していき、私《わたし》は自分《じぶん》の部屋《へや》へと戻《もど》った。

はぁ……、つい、ひとりの世界《せかい》に入《はい》ってしまった。

CA《シーエー》になるなら、もっとこう……ピシッとしなくちゃね！

……ところでパリって、どのへんにあるんだっけ。

私《わたし》はさっそく机《つくえ》の上《うえ》に地図帳《ちずちょう》を広《ひろ》げて、探《さが》してみた。

この広《ひろ》い世界《せかい》の上《うえ》を飛《と》び回《まわ》るんだな……。

私《わたし》はまた、CA《シーエー》になった自分《じぶん》を想像《そうぞう》して、うっとりした。

どんなに想像《そうぞう》しても、あきない。

パリは……ここ。それからロンドン。ニューヨークは……あった、ここ！

CA《シーエー》になった私《わたし》を見《み》て、結衣《ゆい》ちゃんとまりんちゃんは、なんて言《い》うかな。

そういえば、まだこのことを、ふたりに話《はな》していないんだっけ。

いつ話《はな》そう。

でも、その前《まえ》に、話《はな》しておきたい人《ひと》がいる。

「高尾《たかお》……」

部屋《へや》でひとり、誰《だれ》にも聞《き》こえない声《こえ》で、そう言《い》ってみた。

……いつか本当《ほんとう》に、パリで待《ま》ち合《あ》わせしようね。

私《わたし》はそう思《おも》いながら、机《つくえ》の上《うえ》に広《ひろ》げた地図帳《ちずちょう》をパタンと閉《と》じた。


「花日《はなび》ちゃん。昨日《きのう》言《い》ってたCA《シーエー》のことは、あの場《ば》だけの冗談《じょうだん》よね？」

次《つぎ》の日《ひ》――、水曜日《すいようび》の朝《あさ》。

昇降口《しょうこうぐち》の所《ところ》で心愛《ここあ》ちゃんに会《あ》ったから「おはよう」って言《い》ったのに、心愛《ここあ》ちゃんは「おはよう」とあいさつを返《かえ》すこともなく、開口一番《かいこういちばん》でそう言《い》った。

「ううん、本気《ほんき》だよ。家《いえ》に帰《かえ》ってから、地図帳《ちずちょう》見《み》たりして」

「地図帳《ちずちょう》？」

「飛行機《ひこうき》で飛《と》ぶ世界《せかい》の都市《とし》を想像《そうぞう》してたの。パリやロンドンやニューヨーク……」

「あいかわらず、発想《はっそう》が子《こ》どもっぽいわね」

心愛《ここあ》ちゃんはそう言《い》うと、バカにしたようにフンと笑《わら》った。

「私《わたし》は家《いえ》に帰《かえ》ってから、どうやったらCA《シーエー》になれるのかパソコンで検索《けんさく》したわ。たくさん勉強《べんきょう》しなくちゃならないし、体力《たいりょく》だって必要《ひつよう》だし。他《ほか》にもいろいろあるんだから」

うーん、そっか。

確《たし》かに、勉強《べんきょう》はがんばらないとダメだろうなーとは思《おも》ってた。

「地図帳《ちずちょう》をながめてただけでCA《シーエー》気取《きど》りなんて、花日《はなび》ちゃんらしいわ」

「そうかもしれないけど……少《すこ》しは勉強《べんきょう》になったよ。私《わたし》、実《じっ》は世界《せかい》の都市《とし》の何《なに》がどこにあるか、よくわかってなかったんだ。あ、心愛《ここあ》ちゃんはとっくに知《し》ってることかもしれないけど」

心愛《ここあ》ちゃんは「と……当然《とうぜん》よ」と慌《あわ》てて言《い》った。

「だよね。えーっと……」

私《わたし》は、目《め》の前《まえ》の下駄箱《げたばこ》に、世界地図《せかいちず》を思《おも》い浮《う》かべて、少《すこ》し左上《ひだりうえ》の靴箱《くつばこ》を指《さ》した。

「ここがパリだとしたらー、ここは……ロンドン……ッ」

私《わたし》は、さらに左《ひだり》ななめ上《うえ》の靴箱《くつばこ》を、よいしょっとジャンプして指《さ》した。

「で、ここの間《あいだ》のせまい海《うみ》に有名《ゆうめい》な名前《なまえ》がついていて……。えーっと、なんだっけ」

「ドーバー海峡《かいきょう》」

心愛《ここあ》ちゃんの声《こえ》じゃない。男子《だんし》の声《こえ》。

「そう、それ！」

もしかして……、ふりむくと、案《あん》の定《じょう》。

「ふたりとも、おはよう」

そこには高尾《たかお》が立《た》っていた。

「綾瀬《あやせ》、朝《あさ》から勉強熱心《べんきょうねっしん》だね」

「高尾《たかお》くん、おはよう！　心愛《ここあ》、今《いま》、花日《はなび》ちゃんに地理《ちり》を教《おし》えてあげていたところなの」

「ふーん。下駄箱《げたばこ》の位置《いち》で世界地図《せかいちず》なんておもしろいね。じゃあここ、オレの靴箱《くつばこ》のあたりは……？」

高尾《たかお》は右側中段《みぎがわちゅうだん》の自分《じぶん》の靴箱《くつばこ》を指《さ》し、問題《もんだい》を出《だ》すようにして言《い》った。

「え？　そこは……」

心愛《ここあ》ちゃんはオロオロしている。

私《わたし》も考《かんが》えた。昨日《きのう》、地図《ちず》で見《み》たよ、そのへん。えーっと、えーっと……。

「ニューヨーク？」

「正解《せいかい》！　なーんて、本当《ほんとう》はワシントンのつもりだったんだけどね。でも、こんな大《おお》ざっぱな位置《いち》なんだからニューヨークでもワシントンでも正解《せいかい》」

……さっすが高尾《たかお》！

やっぱりパイロットになろうと思《おも》っている人《ひと》は違《ちが》うんだなあ……。

そうだ、あのこと言《い》わなくちゃ……。私《わたし》がそう思《おも》った時《とき》。

「高尾《たかお》くん！　心愛《ここあ》ね、将来《しょうらい》、CA《シーエー》になろうと思《おも》ってるの！」

私《わたし》が言《い》おうと思《おも》っていたことを、心愛《ここあ》ちゃんに先《さき》に言《い》われてしまった。

「アテンション・プリーズ……なんちゃって」

と、とってもかわいい笑顔《えがお》付《つ》き。

「だから勉強《べんきょう》とか、他《ほか》にもいろいろ……心愛《ここあ》に教《おし》えてね？」

「あ、ああ。オレがわかることなら協力《きょうりょく》するよ」

ちょっと出遅《でおく》れちゃったけど、私《わたし》も急《いそ》いで言《い》う。

「高尾《たかお》……、私《わたし》も」

「え？」

「私《わたし》もCA《シーエー》になりたいの」

「へぇ、そうなんだ。楽《たの》しみだな」

……高尾《たかお》が「楽《たの》しみ」って、言《い》ってくれた！

「じゃあ、がんばって」

「うん！」

私《わたし》と心愛《ここあ》ちゃんは、同時《どうじ》にそう返事《へんじ》をした。

(高尾《たかお》がいなくなってから、心愛《ここあ》ちゃんは「あの『楽《たの》しみだな』と『がんばって』は私《わたし》だけに向《む》かって言《い》ったんだ」と主張《しゅちょう》してきたけど。ま、どっちでもいいや。)


その日《ひ》から、水曜日《すいようび》、木曜日《もくようび》と、私《わたし》はすっごく勉強《べんきょう》をがんばった。

がんばったって言《い》っても……算数《さんすう》のわからないところはそのままにしないで、隣《となり》の席《せき》の高尾《たかお》に聞《き》いて教《おし》えてもらう、とか。国語《こくご》の授業《じゅぎょう》での先生《せんせい》の質問《しつもん》……答《こた》えがある系《けい》じゃなくて、どう思《おも》うか系《けい》の質問《しつもん》には、勇気《ゆうき》を出《だ》して手《て》を挙《あ》げる、とか。もしかしたら、ちゃんとやってる子《こ》は前《まえ》からちゃんとやってることかなーとも思《おも》うんだけど、今《いま》までやっていなかった私《わたし》にとっては、別人《べつじん》のようにがんばった（つもりだ）。

体力《たいりょく》が必要《ひつよう》って言《い》われたから、体育《たいいく》もがんばった。

私《わたし》はいつも一生懸命《いっしょうけんめい》やっているんだけど、いまひとつ足《あし》も速《はや》くないし、球技《きゅうぎ》も得意《とくい》じゃなくて。そんな自分《じぶん》に、今《いま》までは心《こころ》のどこかで「背《せ》が低《ひく》くて、脚《あし》の長《なが》さが違《ちが》うから、仕方《しかた》がないよね」って言《い》い訳《わけ》してた。

でも、それじゃあ、いつまでたっても上手《うま》くなれないんだって気《き》がついた。背《せ》が低《ひく》くたって、足《あし》が速《はや》い子《こ》も球技《きゅうぎ》が得意《とくい》な子《こ》もちゃんといるし。だから、自分《じぶん》に言《い》い訳《わけ》するのはやめて、とにかくもっと一生懸命《いっしょうけんめい》やることにした。

「綾瀬《あやせ》、ナイスパス！」

バスケの時間《じかん》に、チームリーダーの桧山《ひやま》にそう言《い》われた時《とき》は、とってもうれしかった。

一生懸命《いっしょうけんめい》やった成果《せいか》が出始《ではじ》めたのかな？　なーんて思《おも》った。

CA《シーエー》になる日《ひ》も近《ちか》い！

私《わたし》は、そんなふうに浮《う》かれていた……。

5

「綾瀬《あやせ》さんの観察《かんさつ》シート、すごくよく書《か》けてるわ」

木曜日《もくようび》の五時間目《ごじかんめ》、理科室《りかしつ》。

ムラサキツユクサの葉《は》を顕微鏡観察《けんびきょうかんさつ》した私《わたし》のシートを見《み》て、先生《せんせい》がみんなの前《まえ》でそう言《い》ったんだよ！

「みんな、これをお手本《てほん》にしてください」

お手本《てほん》だって！

それに気《き》をよくしたわけじゃないけど、理科《りか》の時間《じかん》が終《お》わってから、私《わたし》はみんなの観察《かんさつ》シートを集《あつ》めたり、顕微鏡《けんびきょう》の片付《かたづ》けを最後《さいご》まで手伝《てつだ》ったりしてから理科室《りかしつ》を出《で》た。

その時《とき》。

「花日《はなび》ちゃん、がんばってるのね」

心愛《ここあ》ちゃんが、そう声《こえ》をかけてきた。

「すごい。心愛《ここあ》も見習《みなら》わなくちゃ。CA《シーエー》目指《めざ》してるんだもんね」

「う、うん。一緒《いっしょ》にがんばろうね」

……どうしたんだろう。心愛《ここあ》ちゃんがこんなふうに言《い》うなんて、めずらしい。

もしかしたら私《わたし》が一生懸命《いっしょうけんめい》だから、心愛《ここあ》ちゃんも本気《ほんき》で一緒《いっしょ》にがんばろうって思《おも》ってくれたのかも。だとしたら、うれしいな。

「でもね……心愛《ここあ》、このことは花日《はなび》ちゃんがかわいそうだから、言《い》わないでおこうかと思《おも》ってたんだけど……。だけど花日《はなび》ちゃんのために言《い》うね」

半分心配《はんぶんしんぱい》しているような、でも半分笑《はんぶんわら》っているような、心愛《ここあ》ちゃんの顔《かお》。

……嫌《いや》な予感《よかん》がする。

「花日《はなび》ちゃん、CA《シーエー》になるには勉強《べんきょう》も体力《たいりょく》も必要《ひつよう》って言《い》ってたでしょう？　でも本当《ほんとう》は、その他《ほか》にもまだまだ必要《ひつよう》なことがあるの」

「え……、そうなの？　何《なに》？　私《わたし》、それもがんばる」

「がんばれるかしら……。ひとつは英語《えいご》なんだけど。心愛《ここあ》は、英語《えいご》の教材《きょうざい》を持《も》っているけどね」

英語《えいご》……。

確《たし》かに習《なら》っている子《こ》もいる。でも、英語《えいご》は中学《ちゅうがく》に行《い》ってからちゃんと勉強《べんきょう》して、興味《きょうみ》があったら自分《じぶん》でもっと勉強《べんきょう》すれば大丈夫《だいじょうぶ》、ってお兄《にい》ちゃんが言《い》っていた。私《わたし》もそれでいいと思《おも》っている。

「私《わたし》、英語《えいご》は中学《ちゅうがく》からがんばるから」

「そう。そう言《い》うなら英語《えいご》は別《べつ》にいいけど。でも、あとひとつは……がんばっても、ちょっと無理《むり》なのよ。気《き》の毒《どく》だけど」

心愛《ここあ》ちゃんは、言《い》いたくて言《い》いたくて、うずうずしているようだった。

なんだか、わざわざ心愛《ここあ》ちゃんに聞《き》かなくてもいいことのような気《き》がする。

でも……、やっぱり気《き》になる。

「何《なに》？」

「それはね……、身長《しんちょう》」

えっ……！

「そんなの、あるの!?」

「航空会社《こうくうがいしゃ》によって、身長何《しんちょうなん》センチ以上《いじょう》って条件《じょうけん》を出《だ》しているところがあるわ。条件《じょうけん》を出《だ》していない会社《かいしゃ》もたくさんあるけどね。でも採用《さいよう》の合否《ごうひ》に関《かか》わるんじゃないかって言《い》われてる。もっとも身長《しんちょう》が低《ひく》くても、本人次第《ほんにんしだい》で採用《さいよう》されるらしいんだけど……、有利《ゆうり》か不利《ふり》かっていったら、ねえ。……わかるでしょ？」

そんなこと、考《かんが》えたこともなかった……。

「ごめんねぇ、花日《はなび》ちゃん。でも、何《なに》も知《し》らずにがんばってる花日《はなび》ちゃんを見《み》てたら、かわいそうになって、黙《だま》っていられなかったの～」

心愛《ここあ》ちゃん……、おかしそうに、笑《わら》ってる……。

「そういうわけだから、花日《はなび》ちゃんは無理《むり》。ＣＡ《シーエー》は私《わたし》にまかせて。明日《あした》までの作文《さくぶん》には、何《なに》か別《べつ》の夢《ゆめ》を書《か》いた方《ほう》がいいと思《おも》うよ？」

そう言《い》うと、心愛《ここあ》ちゃんは「大変《たいへん》、六時間目《ろくじかんめ》、始《はじ》まっちゃう」と、教室《きょうしつ》へ駆《か》けていった。

――そんな……。

私《わたし》は、呆然《ぼうぜん》と廊下《ろうか》に立《た》ちつくしていた……。

「綾瀬《あやせ》」

耳元《みみもと》で、そう話《はな》しかけられた。

帰《かえ》りの会《かい》が始《はじ》まる前《まえ》の、ざわざわした時間《じかん》。

「高尾《たかお》……」

「やっと気《き》がついた。……名前《なまえ》、三回《さんかい》も呼《よ》んじゃった」

高尾《たかお》は、じっと私《わたし》を見《み》つめている。

「六時間目《ろくじかんめ》からおかしい。五時間目《ごじかんめ》はあんなにうれしそうだったのに。どうしたの？　何《なに》かあったんじゃない？」

高尾《たかお》……。

泣《な》きたい気持《きも》ちと、がんばりたい気持《きも》ちが、いっぺんに押《お》し寄《よ》せてきた。

「高尾《たかお》、私《わたし》……」

泣《な》きそう……。ううん、でも！

私《わたし》は、気持《きも》ちをぐっと引《ひ》き締《し》めて、高尾《たかお》に言《い》った。

「今日《きょう》帰《かえ》ったら、公園《こうえん》に来《き》て！」

「あ、ああ、わかった」

誰《だれ》もいない公園《こうえん》で、今《いま》、思《おも》っていることを高尾《たかお》に話《はな》そう。私《わたし》はそう決意《けつい》した。

少《すこ》し強《つよ》めに風《かぜ》が吹《ふ》いている。

高尾《たかお》は、もう公園《こうえん》に来《き》ていた。持《も》っているカバンを見《み》て、この後《あと》、塾《じゅく》に行《い》くんだなってことがわかった。忙《いそが》しい高尾《たかお》を、あまり引《ひ》きとめてはいけない。

「で、どうしたの？」

いつもと変《か》わらない、優《やさ》しい高尾《たかお》。

……風《かぜ》が吹《ふ》いている。

その風《かぜ》に立《た》ち向《む》かうようにして、私《わたし》は自分《じぶん》の感情《かんじょう》を一気《いっき》に吐《は》き出《だ》した。

「高尾《たかお》、私《わたし》……もっともっと、今《いま》よりもっと、がんばるから！」

「ああ。綾瀬《あやせ》、昨日《きのう》から見違《みちが》えるように勉強《べんきょう》も体育《たいいく》もがんばってるよね」

「あとね、私《わたし》、今《いま》はまだ習《なら》ってないけど、中学《ちゅうがく》へ行《い》ったら、誰《だれ》よりも英語《えいご》が得意《とくい》になるようがんばるつもり」

「うん。中学《ちゅうがく》に行《い》ってから本格的《ほんかくてき》に始《はじ》めて、英語《えいご》がペラペラになった人《ひと》、たくさん知《し》ってるよ」

「それに身長《しんちょう》だって……どんどん、どんどん伸《の》ばすから！」

「そうだね、中学生《ちゅうがくせい》になったら、きっと伸《の》びるよ」

「寝《ね》ないで勉強《べんきょう》して、身体《からだ》の限界《げんかい》まで体力《たいりょく》をつけて、中学《ちゅうがく》に入《はい》ったら、ひたすら英語《えいご》漬《づ》けの毎日《まいにち》を送《おく》って、無理《むり》にでも身長《しんちょう》を伸《の》ばして……それで、それで私《わたし》、CA《シーエー》になる！」

私《わたし》は、自分《じぶん》が言《い》いたかったことを一気《いっき》に言《い》った。

心愛《ここあ》ちゃんに「身長《しんちょう》の条件《じょうけん》がある」と言《い》われて、絶望的《ぜつぼうてき》な気持《きも》ちになったけど、何《なに》がなんでもがんばろう、そのためには、なんでもやろうって、そう思《おも》った。

私《わたし》は今《いま》、その気持《きも》ちを一気《いっき》に、高尾《たかお》にぶつけたのだ。

「綾瀬《あやせ》……」

高尾《たかお》は口元《くちもと》に手《て》を当《あ》てて、しばらく考《かんが》えてから、口《くち》を開《ひら》いた。

「あのさ、綾瀬《あやせ》は本当《ほんとう》にCA《シーエー》になりたいの？」

「え……」

「そんなに？　限界《げんかい》ギリギリの毎日《まいにち》でも？」

「え……と、あの……」

「あ、もちろん反対《はんたい》してるわけじゃないよ。むしろ応援《おうえん》してるし、急《きゅう》にあんなにがんばれるなんて、すごいなって思《おも》ってる。ただ、今《いま》の話《はなし》を聞《き》いて、綾瀬《あやせ》、少《すこ》し無理《むり》してないかな……って思《おも》ってさ」

風《かぜ》がひゅう……と通《とお》りぬけた。

——綾瀬《あやせ》は本当《ほんとう》に、CA《シーエー》になりたいの？

……あれ？

私《わたし》、本当《ほんとう》にCA《シーエー》になりたいんだろうか……、もしかしてムキになっていただけ？

ううん……、なりたいよ！

だって……。

「がんばりたいの。だって……、高尾《たかお》、パイロット目指《めざ》しているんでしょ？」

「……えっ？」

高尾《たかお》は、目《め》を丸《まる》くして驚《おどろ》いた。

「そうか。それで綾瀬《あやせ》、急《きゅう》にCA《シーエー》になりたいって……」

「違《ちが》うの？　エイコーたちが、そう言《い》ってたんだけど……」

「あー……、それ、もしかしたら、二分《にぶん》の一成人式《いちせいじんしき》の時《とき》に言《い》った夢《ゆめ》かもしれない。今《いま》は
もう……違《ちが》うから」

「えっ……。じゃあ、高尾《たかお》の今《いま》の夢《ゆめ》って……」

「オレの、今思《いまおも》ってる将来《しょうらい》の夢《ゆめ》は……検事《けんじ》」

「高尾《たかお》が、検事《けんじ》……」

高尾《たかお》が、すごく大人《おとな》に見《み》えた。

「だけど、検事《けんじ》になりたいなんて、すっごく生意気《なまいき》な気《き》がして。だから誰《だれ》にも言《い》わなかった。でも本心《ほんしん》を打《う》ちあけると、やってみたい。世《よ》の中《なか》のいいこと、悪《わる》いことをしっかり見極《みきわ》めたいんだ。そのためには、たくさん勉強《べんきょう》しなくちゃならないけどね」

そう言《い》って、高尾《たかお》はハハッと照《て》れた。

「パイロットって誤解《ごかい》させて、ごめん。そういうわけなんだけど、綾瀬《あやせ》の夢《ゆめ》は……」

——我《われ》に返《かえ》った。

「……もうちょっと、考《かんが》えてみる」

私《わたし》は小《ちい》さな声《こえ》で、ぽつりとそう言《い》った。

「そっか。上手《うま》く言《い》えないけど、綾瀬《あやせ》はいつだって綾瀬《あやせ》だから。だから、オレは……」

高尾《たかお》はそう言《い》いかけると、なぜか顔《かお》を赤《あか》くした。

「……。じゃあまた明日《あした》、学校《がっこう》でね」

言《い》いかけた言葉《ことば》はそのままにして私《わたし》に手《て》を振《ふ》ると、高尾《たかお》は塾《じゅく》へと向《む》かっていった。

風《かぜ》が吹《ふ》くなか、途方《とほう》に暮《く》れた私《わたし》は、のろのろと家《いえ》へ向《む》かって歩《ある》き出《だ》した。

6

部屋《へや》のドアをパタンと閉《し》めると、私《わたし》は持《も》っていたカバンを投《な》げ出《だ》した。

……また、やっちゃった。

ケーキ屋《や》さん、パン屋《や》さん、おもちゃ屋《や》さん。

ペットショップの開店《かいてん》、刑事《けいじ》、幼稚園《ようちえん》の先生《せんせい》、ケータイ電話屋《でんわや》さん、歯医者《はいしゃ》さんのお姉《ねえ》さん。

そして、今度《こんど》はCA《シーエー》。

高尾《たかお》と一緒《いっしょ》にいられるっていう理由《りゆう》だけじゃなかった。

みんなの憧《あこが》れで。制服《せいふく》が素敵《すてき》で。きりっとして、かっこよくて。空《そら》の安全《あんぜん》を守《まも》りつつ、どの国《くに》の人《ひと》にも笑顔《えがお》と気配《きくば》りでおもてなしして。そう思《おも》っていたけど。

──綾瀬《あやせ》は本当《ほんとう》に、CA《シーエー》になりたいの？

高尾《たかお》にそう言《い》われた途端《とたん》、なぜか、しゅるしゅると魔法《まほう》が解《と》けるように目《め》が覚《さ》めてしまった。

CA《シーエー》って夢《ゆめ》に飛《と》びついて、はしゃいで。ムキになったかと思《おも》えば、急《きゅう》に目《め》が覚《さ》めて。

私《わたし》……これでももう、十二歳《じゅうにさい》なのに。

──ちゃんと大人《おとな》になれるの……？


何《なに》を書《か》いたらいいのか全然《ぜんぜん》思《おも》いつかなかったけど、とりあえず、机《つくえ》の上《うえ》に原稿用紙《げんこうようし》を広《ひろ》げた。

『将来《しょうらい》の夢《ゆめ》』……か。本当《ほんとう》に、なんて書《か》いたらいいんだろう。

何《なに》も思《おも》い浮《う》かばなくて、原稿用紙《げんこうようし》を広《ひろ》げたまま、世界地図《せかいちず》を取《と》り出《だ》した。

ちょっと前《まえ》まで、CA《シーエー》になった夢《ゆめ》をみながら、パリとかロンドンとかニューヨークとかを見《み》つけて喜《よろこ》んでた。でも、もちろん今《いま》は、そんな気分《きぶん》になれない。

私《わたし》がいるのは、ここ日本《にほん》。その首都《しゅと》、東京《とうきょう》からちょっと外《はず》れた、このヘン。世界地図《せかいちず》だと、小指《こゆび》の爪《つめ》の先《さき》でも示《しめ》せないくらい小《ちい》さい所《ところ》が、私《わたし》の住《す》んでいる所《ところ》。

もしこの地図《ちず》で、私《わたし》の存在《そんざい》を示《しめ》そうとしたら、たとえ針《はり》の先《さき》を使《つか》っても、まだまだ大《おお》きすぎる。つまり私《わたし》は、そのくらい、ちっちゃい。

この広《ひろ》い世界《せかい》の中《なか》の、こんなにちっぽけな私《わたし》の……将来《しょうらい》の夢《ゆめ》（しかも、今《いま》のところ、まったく決《き》まっていない）。

「あーあ。なんかイヤになってきちゃった」

私《わたし》は、わざと声《こえ》に出《だ》して言《い》ってみた。

将来《しょうらい》の夢《ゆめ》は決《き》まらないし。

それどころか、ちゃんとした大人《おとな》になれるかどうかさえわからないし。

……明日《あした》までの宿題《しゅくだい》、どうする？

なんだかもう、どうでもいいやって感《かん》じで、脳内会議《のうないサミット》が始《はじ》まった。

花日《はなび》その1「サボっちゃおうかな〜、作文《さくぶん》」

花日《はなび》その2「だよね〜。何書《なにか》いたらいいか、わかんないんだもん」

花日《はなび》その3「でも、やっぱマズくない？　今《いま》はまだわかりませんってことを正直《しょうじき》に書《か》いて、さっさと終《お》わりにしちゃうっていうのは？」

花日《はなび》その4「うーん……。出《だ》さないよりはその方《ほう》がいいけど、でも……」

花日《はなび》その1「でも？」
花日《はなび》その2「楽《たの》しかったよねー、CA《シーエー》の夢《ゆめ》！」
花日《はなび》その3「何突然《なにとつぜん》!?　でも……まぁ、そうだったけどね。この私《わたし》が、地図《ちず》でパリの位《い》置《ち》を確《たし》かめちゃったりしてさ」
花日《はなび》その4「夢中《むちゅう》だったよね」
「うん、うん」と、全員《ぜんいん》うなずく。
花日《はなび》その1「あ、……」
花日《はなび》その2「何《なに》？」
花日《はなび》その1「『夢中《むちゅう》』っていう字《じ》は、『夢《ゆめ》の中《なか》』って書《か》くんだね……」
花日《はなび》その3「……ホントだ」
花日《はなび》その4「夢《ゆめ》の中《なか》で調子《ちょうし》にのって、はしゃいじゃって」
花日《はなび》その1「そうそう。しょーがないっていうか。それが私《わたし》っていうか」
花日《はなび》その2「……それでいいのかも」
花日《はなび》その3「よくないよ！　夢《ゆめ》を見《み》つけた友《とも》だちを見《み》て焦《あせ》る気持《きも》ち、忘《わす》れちゃったの？」
花日《はなび》その4「忘《わす》れてないし、やっぱり焦《あせ》るけど……。でも私《わたし》の場合《ばあい》は、いっぱい迷《まよ》わないと、見《み》つけられないのかも」
花日《はなび》その1「もう十二歳《じゅうにさい》なのに？」
花日《はなび》その2「まだ十二歳《じゅうにさい》。……かもしれない、よ？」

――まだ、十二歳《じゅうにさい》。


もう一度《いちど》、世界地図《せかいちず》を眺《なが》める。

世界《せかい》はこんなに広《ひろ》くて、私《わたし》は、こんなにちっぽけで。

まだ夢《ゆめ》も見《み》つかっていないけど、でも……。

大好《だいす》きな人《ひと》がいて、友《とも》だちもいて、これから夢《ゆめ》を見《み》つけて……。

――もう十二歳《じゅうにさい》。でも……まだ十二歳《じゅうにさい》なんだ。

世界地図《せかいちず》を前《まえ》にして、こんなことを思《おも》うのはヘンだけど。

私《わたし》、何《なに》かすっごく大《おお》きなもの……何《なに》になるか、どうなるか、誰《だれ》にもわからないけど、とにかく大《おお》きなものを抱《かか》えているような……そんな気《き》がした。

「ま、それとこれとは別《べつ》だけどね。……どうする？」

『ちっぽけだけど、大《おお》きな私《わたし》』をめいっぱい感《かん》じた瞬間《しゅんかん》、脳内会議《のうないサミット》は自然《しぜん》とひとつにまとまって終了《しゅうりょう》……。集結《しゅうけつ》した私《わたし》はひとり、そうつぶやいた。

今《いま》、現実《げんじつ》にやらなければならないのは、目《め》の前《まえ》の原稿用紙《げんこうようし》を埋《う》めること。

……作文《さくぶん》に、なんて書《か》こう。

ううん、作文《さくぶん》だけじゃない。明日《あした》あらためて高尾《たかお》に、私《わたし》の将来《しょうらい》の夢《ゆめ》を聞《き》いてもらいたい。

とはいえ、今《いま》の私《わたし》の『将来《しょうらい》の夢《ゆめ》』って……。

ケーキ屋《や》さん、パン屋《や》さん、おもちゃ屋《や》さん、ペットショップの開店《かいてん》、刑事《けいじ》、幼稚園《ようちえん》の先生《せんせい》、ケータイ電話屋《でんわや》さん、歯医者《はいしゃ》さんのお姉《ねえ》さん、CA《シーエー》。

今《いま》まで夢《ゆめ》みてきたことを思《おも》い浮《う》かべてみる。

うーん……。具体的《ぐたいてき》な職業《しょくぎょう》は思《おも》いつかないとしても、何《なに》か——未来《みらい》についての何《なに》かを書《か》けたらいいんだけどなぁ。

今《いま》まで憧《あこが》れていた職業《しょくぎょう》の共通点《きょうつうてん》って、なんだろう？

——あ。

私《わたし》は、鉛筆《えんぴつ》を手《て》にとった。

今《いま》、思《おも》っていることを、そのまま素直《すなお》に書《か》こう。

私《わたし》はゆっくりと、鉛筆《えんぴつ》を動《うご》かし始《はじ》めた……。


次《つぎ》の日《ひ》の、金曜日《きんようび》の朝《あさ》。

学校《がっこう》の門《もん》まで来《く》ると、こっちの道《みち》、向《む》こう側《がわ》の道《みち》、それぞれの道《みち》から、うちの学校《がっこう》の子《こ》が集《あつ》まってくる。

黄色《きいろ》い帽子《ぼうし》、赤《あか》や黒《くろ》のランドセル。色《いろ》とりどりのキルティングの手提《てさ》げや、白《しろ》、青《あお》、ピンクの洋服《ようふく》の色《いろ》。そこに元気《げんき》な足音《あしおと》、ランドセルの中身《なかみ》がゴトゴトいう音《おと》、女《おんな》の子《こ》のおしゃべりの声《こえ》がかぶさって、学校《がっこう》の朝《あさ》は、けっこうごちゃごちゃで騒《さわ》がしい。

そんななか、私《わたし》の目《め》は、会《あ》いたい人《ひと》を探《さが》していて……。

「あ……、高尾《たかお》、おはよう！」

「おはよう、綾瀬《あやせ》」

運《うん》よく、高尾《たかお》と会《あ》えた。

それと……、

「イヤッフー！　朝《あさ》から夫婦《ふうふ》で登校《とうこう》ですかっ！　新婚《しんこん》ですかっ！　朝食《ちょうしょく》はごはんと味噌汁《みそしる》でしたかっ？　トーストとハムエッグでしたかっ？」

エイコーにも会《あ》った。

高尾《たかお》は、そんなエイコーにも「おはよう」と言《い》い、何《なに》かを思《おも》い出《だ》したように「あっ、そうだ」とつぶやくと、エイコーに言《い》った。

「あのさ、思《おも》い出《だ》したから言《い》っておくけど」

「なんでも言《い》ってくれたまえ！」

「オレの将来《しょうらい》の夢《ゆめ》、パイロットじゃないからね」

「なーんだ、違《ちが》うのかぁ」

エイコーは、まるで「百円玉《ひゃくえんだま》を拾《ひろ》ったと思《おも》ったら、ただの空《あ》きビンのフタだった」くらいの軽《かる》いノリでこたえていた。

でも、後《うし》ろから「なんですって……！」と、キリキリと怒《いか》りをためたような声《こえ》が聞《き》こえてきた。心愛《ここあ》ちゃんだった。

「聞《き》こえたわよ……。エイコー、ニセ情報《じょうほう》だったのね……！」

心愛《ここあ》ちゃんは、もう爆発寸前《ばくはつすんぜん》だ。

「高尾《たかお》くんがパイロットにならないなら、私《わたし》がＣＡ《シーエー》になっても意味《いみ》ないじゃない！　作文《さくぶん》にもう書《か》いちゃったのに、どうしてくれるのよ！」

「知《し》らねーよ、そんなこと。自分《じぶん》の夢《ゆめ》だろ～」

そんなふたりを見《み》て、高尾《たかお》は「やれやれ」と、ちょっと困《こま》ったような笑顔《えがお》を私《わたし》に見《み》せた。

……そうだ。話《はな》したいことがあったんだっけ。

「ねぇ、高尾《たかお》。聞《き》いてもらいたいことがあるの」

「もしかして、将来《しょうらい》の夢《ゆめ》のこと？」

私《わたし》はちょっと緊張《きんちょう》して、ドキドキしながら、うなずいた。

「じゃあ裏庭《うらにわ》に行《い》こうか。あそこなら、落《お》ち着《つ》いて話《はなし》ができるから」

まだモメているエイコーと心愛《ここあ》ちゃんに気《き》づかれないように、私《わたし》たちは、そーっと登校《とうこう》してくる集団《しゅうだん》から離《はな》れて、裏庭《うらにわ》へと向《む》かった。

昼休《ひるやす》みや放課後《ほうかご》に来《き》たことはあるけれど、朝《あさ》の裏庭《うらにわ》は初《はじ》めてだった。

清々《すがすが》しい空気《くうき》の中《なか》で、ふたりだけ。さっきまでのガチャガチャした雰囲気《ふんいき》がウソのように静《しず》かだった。

「あの、私《わたし》……作文《さくぶん》、書《か》いたの」

「よかった。昨日《きのう》とまどっていたみたいだったから、大丈夫《だいじょうぶ》かなって心配《しんぱい》してたんだ」

「書《か》いたっていっても……将来《しょうらい》なりたい仕事《しごと》は、まだ見《み》つけられなかったんだけど」

「それでも書《か》いたの？」

「うん。一年生《いちねんせい》の頃《ころ》から今《いま》まで……私《わたし》、いろいろ夢《ゆめ》をみてた。でも今《いま》は『これ』っていえる職業《しょくぎょう》はない。だけどね、気《き》がついたの」

私《わたし》は、まっすぐに高尾《たかお》を見《み》た。

「どんな仕事《しごと》をすることになっても、私《わたし》……強《つよ》くて優《やさ》しくて、そして笑顔《えがお》が素敵《すてき》な、大人《おとな》の女性《じょせい》になりたい……って」

高尾《たかお》は、驚《おどろ》いたように目《め》を丸《まる》くした。

「って思《おも》って、作文《さくぶん》にはそう書《か》いたんだけど……これでも『将来《しょうらい》の夢《ゆめ》』になるかな？」

「立派《りっぱ》な夢《ゆめ》だよ！」

高尾《たかお》は、目《め》を丸《まる》くしたままで、そう言《い》った。

「よかったあ……」

「っていうか」

高尾《たかお》がめずらしく、ちょっと目《め》をそらせて言《い》った。

「今《いま》、一瞬《いっしゅん》、綾瀬《あやせ》が大人《おとな》の女《おんな》の人《ひと》に見《み》えて、焦《あせ》った」

……それ、本当《ほんとう》？

「でもさ」

高尾《たかお》は、恥《は》ずかしいのを誤魔化《ごまか》すようにして、人《ひと》をからかうような声《こえ》を出《だ》した。

「今《いま》、一瞬《いっしゅん》見《み》えた綾瀬《あやせ》は、別人《べつじん》みたいに大人《おとな》だったんだよね。ホントに、あんな大人《おとな》になるかなあ？」

「えー……、なるもん！　大人《おとな》になったら、ちゃんと大人《おとな》になるもん！」

「大人《おとな》になったら、ちゃんと大人《おとな》になるって、へんじゃない？」

「う……」

やっぱり子《こ》ども、って言《い》われたみたいで、恥《は》ずかしくなる。

そんな私《わたし》を見《み》て、高尾《たかお》は笑《わら》い、そして、両手《りょうて》を大《おお》きく丸《まる》く組《く》むと、
ふわっ……。

頭《あたま》の上《うえ》からすっぽりと、私《わたし》の身体《からだ》を囲《かこ》い込《こ》んでしまった。

私《わたし》の身体《からだ》に触《ふ》れないように、大《おお》きく、大《おお》きく手《て》を組《く》んだままで。

「オレは、ずっと今《いま》のままの、この綾瀬《あやせ》でもいいけどね。でも、綾瀬《あやせ》も大人《おとな》になるんだもんな。本当《ほんとう》にちゃんとした大人《おとな》になるかどうか、オレ、ずっと見《み》ててもいい？」

「え……」

「いや。やっぱり大人《おとな》になるまでじゃなくて、大人《おとな》になってからも、ずーっと……」

……顔《かお》が熱《あつ》い。高尾《たかお》の顔《かお》が見《み》られない。

「高尾《たかお》……。私《わたし》も、ずーっとずーっと高尾《たかお》のこと……」

高尾《たかお》の腕《うで》が、少《すこ》しだけ私《わたし》に触《ふ》れそうになった……その時《とき》。

キーンコーン　カーンコーン……。

「大変《たいへん》、朝《あさ》の会《かい》、始《はじ》まっちゃう！」

私《わたし》たちはパッと離《はな》れると、慌《あわ》てて走《はし》り出《だ》した。

朝《あさ》の気持《きも》ちのいい空気《くうき》が、今日《きょう》はきっといい日《ひ》になるってことを教《おし》えてくれているようだった。

将来《しょうらい》の夢《ゆめ》
一覧表《いちらんひょう》
現在《げんざい》

蒼《あお》井《い》結《ゆ》衣《い》……学校《がっこう》の先生《せんせい》　看護師《かんごし》

綾《あや》瀬《せ》花《はな》日《び》……強《つよ》くて優《やさ》しくて、笑顔《えがお》が素敵《すてき》な大人《おとな》の女性《じょせい》

桧《ひ》山《やま》一《かず》翔《ま》……海上保安官《かいじょうほあんかん》　サッカー選手《せんしゅ》　銭湯経営《せんとうけいえい》

高《たか》尾《お》優《ゆう》斗《と》……検事《けんじ》

小《お》倉《ぐら》まりん……メーキャップアーティスト

浜《はま》名《な》心《ここ》愛《あ》……………ファッションモデル、そこからの女優《じょゆう》
高尾《たかお》のお嫁《よめ》さん

堤《つつみ》　歩《あゆむ》……………システムエンジニア

エイコー……………お笑《わら》い芸人《げいにん》　アイドル

委《い》員《いん》長《ちょう》……………お笑《わら》い芸人《げいにん》のマネージャー

参考《さんこう》データ
過去《かこ》の文集《ぶんしゅう》、家庭内《かていない》撮影《さつえい》ビデオ、
友人《ゆうじん》・知人《ちじん》の聞《き》きとり等《など》

Shogakukan Junior Bunko

★小学館ジュニア文庫★

12歳。～そして、みらい～

2015年 1月26日　初版第1刷発行
2015年 8月 3日　　第4刷発行

著者／辻みゆき
原作・イラスト／まいた菜穂

発行者／丸澤 滋
印刷・製本／加藤製版印刷株式会社
デザイン／西野紗彩+ベイブリッジ・スタジオ
編集／中村美喜子

発行所／株式会社　小学館
〒101-8001　東京都千代田区一ツ橋2－3－1
電話　編集　03-3230-5105
販売　03-5281-3555

●先生方へ、この本の感想やはげましのおたよりを送ってね●
〈あて先〉　〒101-8001　東京都千代田区一ツ橋2－3－1
小学館ジュニア文庫編集部
辻みゆき先生／まいた菜穂先生

Printed in Japan　ISBN 978-4-09-230786-5

★小学館ジュニア文庫★ ワクワク、ドキドキがいっぱいのラインナップ

〈話題の映画&アニメノベライズシリーズ〉

ウルルの森の物語
映画　ひみつのアッコちゃん
怪盗グルーのミニオン危機一発
カノジョは嘘を愛しすぎてる
きな子～見習い警察犬の物語～
今日、恋をはじめます
境界のRINNE　謎のクラスメート
境界のRINNE　友だちからで良ければ
銀の匙　Silver Spoon
劇場版アイカツ！
劇場版イナズマイレブンGO　究極の絆　グリフォン
劇場版イナズマイレブンGOvsダンボール戦機W　上・下
コドモ警察
西遊記～はじまりのはじまり～
呪怨　―終わりの始まり―
呪怨　―ザ・ファイナル―
女子ーズ
神速のゲノセクト ミュウツー覚醒
団地ともお
幕末高校生
friends　もののけ島のナキ
僕の初恋をキミに捧ぐ
僕等がいた　釧路篇―出会い―
僕等がいた　東京篇―運命―
ポケモン・ザ・ムービーXY　破壊の繭とディアンシー
まじっく快斗1412　全6巻
マリと子犬の物語～山古志村　小さな命のサバイバル～
ミニオンズ
LINE TOWN
レイトン教授と永遠の歌姫
ロック　わんこの島
わさお

〈大人気！「名探偵コナン」シリーズ〉

名探偵コナン　天国へのカウントダウン
名探偵コナン　迷宮の十字路
名探偵コナン　銀翼の奇術師
名探偵コナン　水平線上の陰謀
名探偵コナン　探偵たちの鎮魂歌
名探偵コナン　紺碧の棺
名探偵コナン　戦慄の楽譜
名探偵コナン　漆黒の追跡者
名探偵コナン　天空の難破船
名探偵コナン　沈黙の15分
名探偵コナン　11人目のストライカー
名探偵コナン　絶海の探偵
名探偵コナン　異次元の狙撃手
名探偵コナン　業火の向日葵
ルパン三世VS名探偵コナン　THE MOVIE
名探偵コナン　江戸川コナン失踪事件　史上最悪の二日間
小説　名探偵コナン　CASE1

〈思わずうるうる…感動ストーリー〉

世界の中心で、愛をさけぶ
天国の犬ものがたり～ずっと一緒～
天国の犬ものがたり～わすれないで～
天国の犬ものがたり～未来～
わさびちゃんとひまわりの季節
きみの声を聞かせて　猫たちのものがたり―まぐ・ミクロ・まる―

次はどれにする？　おもしろくて楽しい新刊が、続々登場!!

〈大人気！　まんが原作シリーズ〉

あやかし緋扇～八百比丘尼　永遠の涙～
あやかし緋扇～夢幻のまほろば～
いじめ―いつわりの楽園―
いじめ―学校という名の戦場―
いじめ―引き裂かれた友情―
いじめ―過去へのエール―
いじめ―うつろな絆―
いじめ―友だちという鎖―
エリートジャック!!　めざせ、ミラクル大逆転!!
エリートジャック!!　ミラクルガールは止まらない!!
エリートジャック!!　相川ユリアに学ぶ 毎日が絶対ハッピーになる100の名言
エリートジャック!!　ミラクルチャンスをつかまえろ!!
オオカミ少年♥こひつじ少女　わくわく♪どうぶつワンだーらんど！
オオカミ少年♥こひつじ少女　お散歩は冒険のはじまり
オレ様キングダム―red―
オレ様キングダム―blue―
怪盗ジョーカー　開幕！　怪盗ダーツの挑戦!!
怪盗ジョーカー　追憶のダイヤモンド・メモリー
キミは宙のすべて―たったひとつの星―
キミは宙のすべて―ヒロインは眠れない―
キミは宙のすべて―君のためにできること―
小林が可愛すぎてツライっ!!　放課後が過激すぎてヤバイっ!!
小林が可愛すぎてツライっ!!　好きが加速しすぎてヤバいっ!!

12歳。～だけど、すきだから～
12歳。～てんこうせい～
12歳。～きみのとなり～
12歳。～そして、みらい～
12歳。～おとなでも、こどもでも～
ショコラの魔法～ダックワーズショコラ　記憶の迷路～
ショコラの魔法～クラシックショコラ　失われた物語～
ショコラの魔法～イスパハン　薔薇の恋～
ショコラの魔法～ショコラスコーン　氷呪の学園～
ショコラの魔法～ジンジャーマカロン　真昼の夢～
シークレットガールズ
シークレットガールズ　アイドル危機一髪
ちび☆デビ！～天界からの使者とチョコル島の謎×2！～
ちび☆デビ！～まおちゃんと夢と魔法とウサギの国～
ちび☆デビ！～スーパーまおちゃんとひみつの赤い実～
ちび☆デビ！～まおちゃんとちびザウルスと氷の王国～
ドーリィ♪カノン～ヒミツのライブ大作戦～
ドラマ　ドーリィ♪カノン　カノン誕生
ドラマ　ドーリィ♪カノン　未来は僕らの手の中
ないしょのつぼみ～さよならのプレゼント～
ないしょのつぼみ～あたしのカラダ・あいつのココロ～
ナゾトキ姫と嘆きのしずく
ナゾトキ姫と魔本の迷宮
ナゾトキ姫とアイドル怪人Xからの挑戦状

にじいろ☆プリズムガール～恋のシークレットトライアングル～

ハチミツにはつこい　ファースト・ラブ
ハチミツにはつこい　アイ・ラブ・ユー
真代家こんぷれっくす！～Mother's day こんぷれっくすは、ケーキをめぐる～

真代家こんぷれっくす！～Memorial days きえない花火ときえないキズナ～

真代家こんぷれっくす！～Sentimental days ココロをつなぐメロディ～

真代家こんぷれっくす！～Holy days 賢者たちの贈り物～

真代家こんぷれっくす！～Mysterious days 光の指輪物語～

ラブぱに～エンドレス・ラバー～

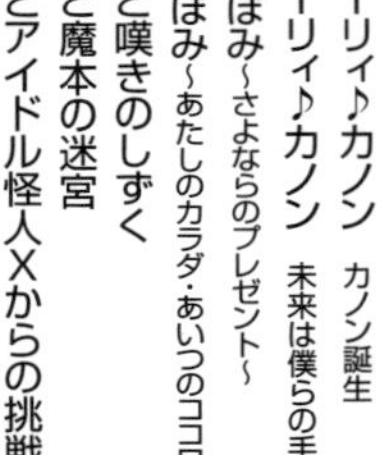

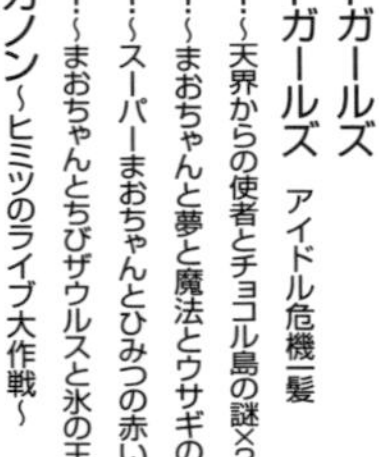

★「小学館ジュニア文庫」を読んでいるみなさんへ★

この本《ほん》の背《せ》にあるクローバーのマークに気《き》がつきましたか?

オレンジ、緑《みどり》、青《あお》、赤《あか》に彩《いろど》られた四《よ》つ葉《ば》のクローバー。これは、小学館《しょうがくかん》ジュニア文庫《ぶんこ》のマークです。そして、それぞれの葉《は》の色《いろ》には、私《わたし》たちがジュニア文庫《ぶんこ》を刊行《かんこう》していく上《うえ》で、みなさんに伝《つた》えていきたいこと、私《わたし》たちの大切《たいせつ》な思《おも》いがこめられています。

オレンジは愛《あい》。家族《かぞく》、友達《ともだち》、恋人《こいびと》。みなさんの大切《たいせつ》な人《ひと》たちを思《おも》う気持《きも》ち。まるでオレンジ色《いろ》の太陽《たいよう》の日差《ひざ》しのように心《こころ》を暖《あたた》かにする、人《ひと》を愛《あい》する気持《きも》ち。

緑《みどり》はやさしさ。困《こま》っている人《ひと》や立場《たちば》の弱《よわ》い人《ひと》、小《ちい》さな動物《どうぶつ》の命《いのち》に手《て》をさしのべるやさしさ。緑《みどり》の森《もり》は、多《おお》くの木々《きぎ》や花々《はなばな》、そこに生《い》きる動物《どうぶつ》をやさしく包《つつ》み込《こ》みます。

青《あお》は想像力《そうぞうりょく》。芸術《げいじゅつ》や新《あたら》しいものを生《う》み出《だ》していく力《ちから》。立場《たちば》や考《かんが》え方《かた》、国籍《こくせき》、自分《じぶん》とは違《ちが》う人《ひと》たちの気持《きも》ちを思《おも》い、協力《きょうりょく》しあうことも想像《そうぞう》の力《ちから》です。人間《にんげん》の想像力《そうぞうりょく》は無限《むげん》の広《ひろ》がりを持《も》っています。まるで、どこまでも続《つづ》く、澄《す》みきった青《あお》い空《そら》のようです。

赤《あか》は勇気《ゆうき》。強《つよ》いものに立《た》ち向《む》かい、間違《まちが》ったことをただす気持《きも》ち。くじけそうな自分《じぶん》の弱《よわ》い気持《きも》ちに立《た》ち向《む》かうことも大《おお》きな勇気《ゆうき》です。まさにそれは、赤《あか》い炎《ほのお》のように熱《あつ》く燃《も》え上《あ》がる心《こころ》。

四《よ》つ葉《ば》のクローバーは幸《しあわ》せの象徴《しょうちょう》です。愛《あい》、やさしさ、想像力《そうぞうりょく》、勇気《ゆうき》は、みなさんが未来《みらい》を切《き》りひらき、幸《しあわ》せで豊《ゆた》かな人《じん》生《せい》を送《おく》るためにすべて必要《ひつよう》なものです。

体《からだ》を成長《せいちょう》させていくために、栄養《えいよう》のある食《た》べ物《もの》が必要《ひつよう》なように、心《こころ》を育《そだ》てていくためには読書《どくしょ》がかかせません。みなさんの心《こころ》を豊《ゆた》かにしていく本《ほん》を一冊《さつ》でも多《おお》く出《だ》したい。それが私《わたし》たちジュニア文庫編集部《ぶんこへんしゅうぶ》の願《ねが》いです。

みなさんのこれからの人生《じんせい》には、困《こま》ったこと、悲《かな》しいこと、自分《じぶん》の思《おも》うようにいかないことも待《ま》ち受《う》けているかもしれません。どうか「本《ほん》」を大切《たいせつ》な友達《ともだち》にしてください。どんな時《とき》でも「本《ほん》」はあなたの味方《みかた》です。そして困難《こんなん》に打《う》ち勝《か》つヒントをたくさん与《あた》えてくれるでしょう。みなさんが「本《ほん》」を通《つう》じ素敵《すてき》な大人《おとな》になり、幸《しあわ》せで実《みの》り多《おお》い人生《じんせい》を歩《あゆ》むことを心《こころ》より願《ねが》っています。

小学館ジュニア文庫編集部

第2回小学館ジュニア文庫小説賞✿募集中！

小学館ジュニア文庫での出版を前提とした小説賞です。
募集するのは、恋愛、ファンタジー、ミステリー、ホラーなど。
小学生の子どもたちがドキドキしたり、ワクワクしたり、
ハラハラできるようなエンタテインメント作品です。

未発表、未投稿のオリジナル作品に限ります。未完の作品は選考対象外となります。

〈選考委員〉

ちゃお 編集部　コロコロコミック 編集部

〈応募期間〉

2015年6月15日（月）～ 2015年8月17日（月）
※当日消印有効

〈 賞 金 〉

［**大賞**］……正賞の盾ならびに副賞の50万円
［**金賞**］……正賞の賞状ならびに副賞の20万円

〈 応 募 先 〉

〒101－8001 東京都千代田区一ツ橋2－3－1
小学館　「ジュニア文庫小説賞」事務局

〈要項〉

★原稿枚数★　1ページ40字×28行の縦書きプリントアウトで、50ページ以上85ページ以内。A4サイズの用紙に横むきで印刷してください（感熱紙不可）。

★応募原稿★　●出力した原稿の1ページめに、タイトルとペンネーム（ペンネームを使用しない場合は本名）を明記してください。●2ページめに、本名、ペンネーム、年齢、性別、職業（学年）、郵便番号、住所、電話番号、小説賞への応募履歴、小学館ジュニア文庫に応募した理由をお書きください。●3ページめに、800字程度のあらすじ（結末まで書かれた内容がわかるもの）をお書きください。●4ページめ以降が原稿となります。

〈応募上の注意〉

●独立した作品であれば、一人で何作応募してもかまいません。●同一作品による、ほかの文学賞への二重投稿は認められません。●出版権、映像化権、および二次使用権など入選作に発生する著作権（著作権法第27条及び第28条の権利を含む）は小学館に帰属します。●応募原稿は返却できません。●選考に関するお問い合わせには応じられません。●ご提供頂いた個人情報は、本募集での目的以外には使用いたしません。受賞者のみ、ペンネーム、都道府県、年齢を公表します。●第三者の権利を侵害した作品（著作権侵害、名誉毀損、プライバシー侵害など）は無効となり、権利侵害により損害が生じた場合には応募者の責任にて解決するものとします。●応募規定に違反している原稿は、選考対象外となります。

★発表★　ホームページにて

Shogakukan Junior Bunko